U0081219
7
歡迎來到實力至上主義的教室
2年級篇
Welcome to the Classroom of the Second-year
衣笠彰梧
KINUGASA SYOUGO
トモセシュンサク
TOMOSESHUNSAKU
Kadokawa
Fantastic Novels

歡迎來到實力至上主義的教室2年級篇 7
Welcome to the Classroom of the Second-year

contents

彩頁、內文插畫／トモセシュンサク

「你要瞄準最貴的獎品喲。」
要拿到最昂貴的零食組合包，
就必須擊落大型重物。
這把槍的威力究竟有多強呢……
總之先試試看吧。
我一邊聽著惠的尖叫加油聲，同時射出第一發子彈。

茶柱佐枝

天澤一夏

7
歡迎來到實力至上主義的教室2年級篇
Welcome to the Classroom of the Second-year

長谷部波瑠加的獨白

我在評價自己時，會將自己定位成壞人。
無論是誰，應當都做過一、兩次別人會說「不可以那麼做」的行動。

例如闖紅燈。
縱然沒有抱持著惡意，至少有過這樣的經驗吧。

例如在結帳時即使多拿到找零的錢，也不會還回去。
無論是一圓或十圓，店員搞錯而多找錢時，並不會歸還。

例如在路邊吐口水，或是隨地亂丟垃圾。
雖然是一些小事情，這也是不折不扣的犯罪行為。

但不會只靠這些經驗，就把自己當成壞人。

我是……
不，或許就某人的角度來看，那也是些瑣碎的事情。

然而無法忘懷那段過去的我，決定在高中不結交任何朋友。
與昔日的朋友們保持距離，想進入一個跟任何人都沒有關聯的世界。
所以得知高度育成高級中學的存在時，心想這裡應該可以實現自己的願望，便決定進入這裡就讀——我回想起這件事。

這樣的我，卻在回過神時已經交到了朋友。
小清、小幸、小三。

還有……愛里。

我找回了青春。

我一直這麼認為。

但那樣的青春在壓根兒沒有預料過的一天內被奪走了。

被誰奪走了？

那還用說。

就是堀北鈴音與綾小路清隆。

這兩人自私的行動讓我的青春成了犧牲品。

饒不了他們。

無法原諒他們。

所以——

我決定要復仇。

為文化祭做準備

天氣開始變涼的初秋——十一月一日星期一。

正所謂光陰似箭，再過兩個月就是寒假。

能從新座位看見的景色，在不久的將來也要改變了啊。

會對此感到依依不捨，也證明了換座位對我而言是不錯的制度。雖然目前還不曉得明年是否一樣會換座位，但無論如何，都會有與至今截然不同的景色展現在眼前吧。

「早安，所有人都到齊了吧？」

鐘聲響完後過了幾秒，茶柱老師在教室現身了。

原本忙著閒聊的學生們忽然安靜下來，以習慣的模樣看向老師，準備側耳傾聽老師的話。上課時以外的一舉一動也會對班級整體的評價造成影響——這間學校獨特的制度，培養出學生謹守規律的認真態度。

與上星期相比，並沒有什麼太大的變化。

不過，可以感受到確實比起上星期有了一番成長。

看到學生們每天都在持續成長的模樣，茶柱老師深深點了點頭，開口說道：

「我想你們正為了文化祭穩紮穩打地在做準備，但有一些要補充的說明事項。首先會再次顯示文化祭的概要讓大家溫習，有需要的人記得確認清楚。」

茶柱老師身後的螢幕亮了起來，再次顯示關於規則的說明。

文化祭概要

・會給予每一名二年級學生五千點個人點數，僅限使用在各班文化祭的準備上，能夠在這個範圍內自由運用。

（一年級生會得到五千五百點、三年級生會得到四千五百點的初期費用。）

・會根據學生會服務等等的社會貢獻，還有在社團活動的活躍等貢獻給予追加資金。

（詳情確定之後會正式向各班公布。）

・初期費用與追加資金不會反映在最終營業額上，因此未使用的情況將會沒收。

・第一名到第四名的班級可獲得班級點數一百點，
第五名到第八名的班級可獲得班級點數五十點，
第九名到第十二名的班級，班級點數不會有變動。

「上述就是到目前為止的說明。到這邊為止的內容，你們應該都很順利地記住了吧。」

沒有任何學生發出疑問，於是茶柱老師繼續說明：

「關於這個概要說明裡的『追加資金』，因為已經決定了詳情，我想在此公布內容。」

追加資金。根據學生會服務、社會貢獻、社團活動的活躍等等，能在文化祭中使用的點數會跟著增加。也就是說到了告知我們詳情的時候。

畢竟若無法確定預算，就無法確定要推出的節目數量和其內容與規模。

儘管有些不便之處，既然所有年級的所有班級都是相同條件，也不能說這是個問題。

「首先將這個班級得到的追加資金總額還有明細一起顯示出來。」

茶柱老師這麼說道，立刻操作平板，讓用試算表製作出來的一覽表顯示在螢幕上。

可以得知總共有十二人具備獲得這筆追加資金的資格。

堀北鈴音：學生會成員獎勵……一萬點。

須藤健：社團活動活躍獎勵……一萬點。

小野寺加也乃：社團活動活躍獎勵……一萬點。

最多就一萬點嗎？能夠獲得這筆高額追加資金的學生只有三名，此外還有九名學生的貢獻得到認同，各自獲得幾百點到幾千點不等。

例如洋介因為社團活動活躍的獎勵獲得三千點，明人則是一千點。我們班出現了許多主要是在社團活動中十分活躍的學生名字。

我們班能夠獲得的追加資金，總計是三萬九千四百點。

以人數來說，相當於幾乎六人份的初期點數。

要經營文化祭，這筆資金可說是不可或缺的資金吧。

「雖然沒辦法告訴你們明細，但坂柳的A班獲得一萬八千八百點。龍園的C班獲得一萬七千點，一之瀨的D班則是獲得兩萬六千六百點的追加資金。也就是說，在二年級生當中，我們班的追加資金是最多的。」

一之瀨班是第二名，坂柳班則以些微差距險勝龍園班，位居第三嗎？

這結果出乎意料，但主要原因之一或許是學生會成員的獎勵吧。堀北和一之瀨光是靠這個身分就能獲得一萬點，這點占了很大的優勢。

除此之外，即使放眼所有年級來看，須藤和小野寺這些學生在社團中的貢獻，應該也是出類拔萃。在文化祭中無法使用任何個人持有的個人點數，因此以堀北班來說，需要把預算控制在班級人數＋追加資金合計二十二萬九千四百點以內。即使只是一點，當然也是越多越好。

只不過，不能只看到這個結果就怠慢起來。

儘管在文化祭開始前的準備階段中較為有利，但追加資金不會反映在最終營業額上，倘若無法高明地活用，就會白白浪費這筆資金。

上述似乎就是關於追加資金的說明，不過應該不會只有這樣就結束。

還有幾項為了準備文化祭所需要的情報沒有公開。

「那麼，接著要告訴你們關於為了提高營收，十分重要的來賓詳情。」

到目前為止還沒有詳細地揭露會有多少客人來參觀文化祭，以及會來哪些客人。

還有他們擁有多少資金這件事。

「來賓會邀請與這所學校的營運相關人士，和他們的家人。涵蓋的年齡層當然十分廣泛，從高齡人士到幼童，也會有許多小學生等等來參觀。而且校方決定要把平常在櫸樹購物中心和便利商店工作的員工也當成客人來招待。」

平板的畫面切換成圖表，可以明確地知道各個年齡層的來賓人數。

三十幾歲和四十幾歲的來賓占了較大的比例，接著是不滿二十歲，以及五十幾歲的來賓。

「每一位成年人的來賓會領到一萬點。未成年者則會領到五千點。成年人有兩百八十三位，未成年者有兩百零二位。參加總人數一共是四百八十五位，總點數為三百八十四萬點。」

所有年級共十二個班級的排名，端看學生能夠從這筆總額中賺取多少營收。

「此外，先告訴你們這個參加人數也包括我們教師在內。雖然有限制班級導師不能在自己負責的年級使用點數，但在其他方面的待遇就跟來賓沒兩樣。」

班導不能在同年級中使用點數的限制是不可或缺的吧。畢竟以班導的立場來說，如果能把錢花在自己班上面，一般都會想肥水不落外人田嘛。

「有可能自掏腰包，花費一萬點以上嗎？」

聽到池提出的疑問，茶柱老師立刻左右搖了搖頭。

雖然是像平常一樣有些冒失的問題，但她沒有特別提出警告，直接回答。

反倒像是樂見池與平常沒兩樣的模樣。

「不。無法花費被給予的點數以上的金額，上限金額是固定的。」

也就是說並非準備了無限的資金給來賓們。這不是只要留住特定的有錢客人就好，而是要互相搶奪來賓，因此無法避免發生爭奪戰。

「關於最重要的付款方式，會透過手機的專用應用程式來付款，採用校方能隨時掌握營收的系統。你們要記得一到下午四點，也就是文化祭結束的瞬間，應用程式會變得無法使用。可以各自由設定結帳的時間點，但我個人比較推薦在提供商品前請客人先付款。」

像是等用餐後才付款，也可能會出現付款時超過下午四點的情形。也就是可能有無法回收點數的風險啊。

「到這邊為止，有什麼問題的人請舉手。」

茶柱老師安排了允許學生發言的時間，於是堀北立刻舉手。

「營收為相同金額的情況，會怎麼決定排名呢？雖然是非常極端的假設，但如果所有班級都同樣獲得三十二萬點，不分上下的話，會有什麼結果？」

因為總金額能夠整除，所以也無法斷言不會發生堀北現在說的這種情況。

倘若只依靠巧合，所有班級的營收都一樣的情況是天文數字般的機率，但有可能串通。倘若所有班級都會視為第一名，就能夠平等地拉高班級點數。

原以為校方會準備某些對策，不過——

「金額相同的情況，會視為排名相同。假如像堀北說的一樣，十二個班級都獲得相等營收，所有班級都會以第一名身分獲得一百點班級點數。」

因為營收輸給其他班級也不會失去班級點數，所以規則也略微寬鬆。

不，或許校方從一開始就判斷眾多班級不可能達到營收完全相同這種事吧。

「不過只有在考試結束後才能確認營收總額，而且不承認任何由第三者操作的營收金額。各班在文化祭前互相商量，擬定將營收合計的計畫，或是等文化祭結束後將營收均分——要締結這種契約是不可能的，你們明白這代表什麼意思吧？」

既然無法在事後操作營收金額，就絕對不可能出現所有班級並列第一的狀況。

最重要的是，可以想像學生們不可能不惜失去一個寶貴的競爭機會，也要感情融洽地攜手合作。

「一般不會出現營收相同的狀況吧？我覺得可以不用太在意。」

前園不明白堀北特地提出問題的用意，發出疑問的聲音。

「就像前園同學所說，在普通的競爭環境下，根本沒必要在意這種事喲。但是，事先知道這種情況在規則上是否被認可，並非什麼壞事。」

堀北的發言十分合情合理，事先知道這點並不吃虧。

要說大家是否完全不會進行串通，目前還不清楚。因為特定的年級和班級互相勾結，創造相同營收是可能辦到的事情。

可以想到好幾個辦法，例如雙方班級事先商量好，將要製作的所有商品的最終營收額都設定為相同數字，要打造出售完＝營收相同的狀況，這件事本身並不困難。

但也需要事先準備好對策應付背叛行為、意外狀況和各種麻煩。

最重要的是，如果以售完為優先的結果，導致營收落到倒數幾名，那可就笑不出來了吧。

為了刻意製造相同排名，要跨越的門檻遠比想像中高出許多。

「還有其他人有問題嗎？」

這之後並沒有人舉手發問關於文化祭的問題。

「關於文化祭要補充的說明，就是前述這些事項。那麼接著來公布前幾天進行的第二學期期中考的結果吧。這次有個學生展現的結果讓我也大吃一驚。」

話題進展到公布筆試結果。

也有不少不擅長筆試的學生們發出有如哀號般的聲音。

根據解讀的角度，「大吃一驚」也能推測為負面意義。

但茶柱老師的表情看來並沒有很陰沉僵硬，所以應該不是那種情況吧。

全班三十八人的名字同時顯示在螢幕上，從綜合分數較高的學生依序排列。

獲得第一名的是啟誠。他在所有科目中都獲得高分，成績優異得無懈可擊。

第二名是只有些微差距的堀北。與啟誠相比幾乎毫不遜色，綜合分數也僅僅相差三分。

接下來可以看到一排平常那些模範生成員的名字，不過展現出的結果讓茶柱老師大吃一驚的學生，應該就是位居第十一名的人物不會錯吧。

第十一名，須藤健。現代文七十三分、化學七十六分、社會學七十分、數學七十八分、英語七十分。

所有科目都平均地獲得不錯的成績，綜合分數為三百六十七點。

排名在他前面的人是洋介、櫛田、松下和王這些模範生組的成員們。正因如此，每個人都對須藤的名次大吃一驚。

雖然他很認真地用功念書一事眾所周知，但須藤同時也每天忙著參加社團活動練習到很晚，排名這麼前面是眾人都無法預測的事情。

「真的假的，健居然是第十一名……好強……」

以前成績幾乎差不多——不，在起跑點時排名還比須藤前面的池表現出坦率的——不，應該說是再直接不過的目瞪口呆的反應。可說是大爆冷門，超乎想像得躍進。這次考試的難易度算是普通，從須藤之後到第二十名為止的綜合分數差距只有大約十五分，儘管如此，這個結果還是讓許多人大為震驚吧。還以為須藤本人會開心地到處狂奔，但他只是微微擺出勝利姿勢，並沒有顯露自豪的模樣，或是因為超越許多人而表現出瞧不起別人的態度。

我操作手機，確認更新後最新的ＯＡＡ。

須藤健　學力Ｃ＋、身體能力Ａ＋、靈活思考力Ｃ－、社會貢獻性Ｄ－。

整體來說保持著接近平均值的水準，同時具備出類拔萃的身體能力。而且只要他繼續維持這樣的考試成績，在不久的將來甚至能進步到學力Ｂ左右。

而且如果在學業方面更加精益求精，學力與身體能力兩邊都達到Ａ以上，也不是不可能的事吧。看來他這一年來的努力以超乎想像的方式開花結果。

加上他在私生活方面的問題行為也逐漸減少，原本是最低水準的社會貢獻性也上升到D－。

在OAA的成長也是特別突出。

順帶一提，我的排名是第十四名，比須藤還要後面。

雖然數學拿了滿分，但剩餘的科目刻意保留實力。

要說我偷懶也不能反駁，實際上是因為有其他目的。

就算在第二學期的期中考拿到所有科目的滿分，也只會招來無謂的混亂。

不是讓其他人因為有學生能拿到高分感到放心，而是要讓他們覺得必須像須藤一樣自己有所成長來幫助班級才行，這件事重要太多了。

實際上看到須藤第十一名的結果，班上同學產生各式各樣的感情。

那些幾乎都是只會發揮正面作用的感情。

既然有人排名在前面，必然也會有人往後退。

講得難聽一點，那些人都是老面孔了，但跟其他班級的平均分數比較時，可以看出正在慢慢地產生變化。

看來雖然成績較差，仍嘗試改善的學生們變多，而且正穩定地慢慢發揮成果的樣子。當然，不可能所有人都像須藤這麼順利吧。即使只看學業，能夠吸收多少的資質也是因人而異，而且在毅力和體力方面也會出現很大的差距。

最重要的是，不能忘記須藤的情況還包括因為愛慕教導他課業的堀北所產生的動機。總之，因為愛里退學讓人感覺到火燒屁股，即使是排名後面的學生，也為了不輸給別人，開始互相競爭起來。

1

這一天放學後的教室。

其他人離開後，主要成員聚集在教室裡。

有佐藤、松下、小美與前園這四人，她們的共通點是女僕咖啡廳的提議者。

然後還有我跟堀北，總計六個人。

在最初的簡報後，關於女僕咖啡廳的討論，為了防止洩漏情報，主要是用手機進行聯絡，因為總算到達要正式推動的階段，像是決定布置和擺攤地點等等，需要在預計會實際租借的特別大樓進行詳細的討論。從女僕咖啡廳的概念和規模來看，也不可能在屋外舉辦。

換言之，從一開始就確定會在教室這種建築物裡舉行，但我們目前仍在猶豫擺攤地點。

可能成為候選的擺攤地點，每天都有其他年級、班級的學生來場勘和偵察。

因此我們必須下點工夫進行視察，以免被其他人鎖定我們打算選擇哪個地點擺攤。其實應該讓洋介等男生也一起參與，對混淆視聽比較有效果，不巧的是這個時段他正忙著參加社團活動。而且人太多也會產生別的問題。

正當我們聚在一塊開始移動時，松下立刻看向堀北跟我，開口詢問：

「關於長谷部同學和三宅同學的事情……你們打算怎麼處理呢？」

「妳問怎麼處理，是什麼意思呢？」

「雖然他們每天都來上學，但不打算與任何人交談。這表示她一直在敵視我們全班吧？」

「應該是吧。唉，主要是針對我。」

好友愛里被逼到退學一事，讓波瑠加築起一道高牆。

儘管她變得會來上學，那道高牆仍然存在。

「長谷部同學今後大概打算報復這個班級吧。」

她應該不是直接被波瑠加找出去，也不是被迫聽說了這些話吧。

但只要看到現在的波瑠加，能夠感受到她散發的氛圍，像松下這樣的人就能立刻察覺。

「或許是那樣呢。然而目前沒看到任何問題行為這點也是事實喲。畢竟她也會參加文化祭的討論。」

我在初期就提議請她當女僕，所以波瑠加早就知道班上會推出女僕咖啡廳這件事了嘛。沒有理由不讓她加入。

「意思是妳會容忍她的復仇？」

「那怎麼可能呢。雖然可以理解她感到火大的心情，但也不能因為這樣，就不分青紅皂白地給班級添麻煩。」

倘若並非在特別考試這種逼不得已的狀況，沒有酌情餘地的妨礙會被視為完全的邪惡。以堀北的立場來說，她也強烈地盼望波瑠加不會輕舉妄動吧。

「嗯。可是，現在不是那種道理能通用的狀況對吧。應該不用多久就會出事了。」

松下只是反覆將視線看向我這邊。

她似乎是打算透過身為領袖的堀北，讓我發表意見的樣子。只不過我不會在這邊傳達自己的見解。

波瑠加企圖復仇這件事確實顯而易見，但她現在會來上學，也會正常地參加考試，沒有做出任何給班級造成麻煩的行動。

即使不曉得今後會怎麼樣，也不能在目前這個階段就去逼問她。

「能事先採取的對策近乎於零。就算勸她別復仇，也只會反過來觸怒她而已。只不過……」

「只不過？」

「假如她真的在伺機報復，可以確定不會拖上好幾個月才行動吧。」

我贊成這個意見。

很難想像她會直到半年甚至一年後，都照目前這樣老實地過著校園生活。

換言之，最應該警戒的時間點是——

「她很可能會在文化祭時做些什麼。」

松下大概就是想聽這句話吧，她靜靜地點了點頭。

「我從綾小路同學那裡聽說長谷部同學表示不打算當女僕。所以讓她和三宅同學在知道狀況的狀態下負責一般任務。要是隨便隱瞞情報或排擠他們，等於露骨地表示我們在懷疑她。」

萬一波瑠加明明不打算復仇，堀北他們卻做出忽視波瑠加那方的行為，可能會讓已經消失的火種又再次開始冒煙啊。

「也就是說一邊留下她願意成為同伴的可能性，但避免把重要的任務交給她對吧。」

「對。為了保險起見，我認為應該先這麼做。」

堀北當然並非強烈地擔憂波瑠加可能在文化祭大鬧吧。

儘管如此，她身為領袖，先發制人是很重要的。

文化祭會有許多來賓蒞臨。倘若堀北班的負評在來賓之間傳開，就算會遭到某些懲罰，也不足為奇吧。

「雖然也很在意波瑠加他們的事，但差不多要到嘍。」

看來講得十分起勁的松下，似乎沒發現目的地已近在眼前。

現在還有許多班級也在猶豫要在哪裡擺攤。

倘若不小心一點，不曉得會在哪裡被人聽見脫口而出的話。

三層樓建築的特別大樓，總共有八間教室能夠擺攤。我們目前位於三樓，越靠近入口旁邊樓梯的地方，成本也會跟著往上升。以室內的擺攤地點來說，因為這裡位於離正門最遠的地方，所以也具備最能節省成本的優點。相對於三樓只要用一萬點到一萬三千點的價格就能租借場地，一樓則一律是五萬點。若是能夠省下將近四萬點的差額，就能投入更多費用去採購食材等等。班級能拿到的點數有限。要投注多少成本在擺攤費上面，還有苦惱如何籌措資金，都是無法避免的必經之路。

「到這邊的距離比想像中更遠呢。」

小美最先抱持的感想，果然是跟距離相關的事情。

所有人都會同意她這個想法吧。

「佐藤同學有什麼看法呢？」

佐藤今天到現在都沒有發言，即使小美這麼詢問，她也沒有立刻做出反應。

「佐藤同學？」

這次在近距離再度被這麼搭話，佐藤連忙回答：

「啊，呃……我也覺得有點遠……嗯，我也這麼想。」

「如果不是非常有趣的攤位，應該不是所有人都願意大老遠到這裡來吧。」

因為大家的意見大致上都一樣，我們沒有在優先度比較低的三樓停留太久。

之後所有人一起往下來到下面一層的二樓。

「比起三樓，果然還是二樓比較好呢～假如要再奢求一點，一樓還是最理想啦。」

前園從窗戶看著外面的景色，這麼低喃。

「說得也是呢。可是……以價格來說，要在一樓擺攤果然還是相當困難吧？」

小美對著手機大眼瞪小眼，露出複雜的表情。

「但是，差不多該決定地點了呢。還空著的場地也越來越少了。」

松下探頭看向小美的手機，同時如此說道：

「也是呢。之前挑選出來的五個地點，已經有兩個被人預約了……只不過，從一樓到三樓都還有候選名單，反倒讓人覺得苦惱呢。」

要為了便利性支付較高的點數，還是捨棄便利性，用比較便宜的點數來解決場地費呢？

「我覺得還是選一樓比較好呢。畢竟要是被其他攤位妨礙，沒辦法讓客人上來二樓，可是會吃大虧。」

「不管是二樓還三樓，只要能讓客人覺得想上門看看，就不會有太大的影響吧？」

前園、小美和松下三人討論起來。

平常充滿霸氣，連沒人問的事情都會講個不停的佐藤從剛才開始就靜悄悄的。

她的朋友們有時會投以關心的視線，但佐藤看起來心不在焉的樣子。

「佐藤同學最近一直是那種感覺呢。」

松下察覺到我有些在意這件事，悄悄地向我耳語。

「這麼說來，她這幾天好像特別沒精神啊。」

「原本以為綾小路同學可能知道些什麼，但看來你也不清楚呢。」

松下是否誤以為我是超能力者還是什麼啊？

又或許這番發言是考慮到跟佐藤很親近的惠與我的關係，無論如何，我沒有詳細的情報。

「她感覺也不像是身體不舒服，雖然試著不著痕跡地問過是否有什麼煩惱，但她沒說出什麼明確的原因。」

「人總會有想要自己靜一靜的時候吧？」

「也是呢。不過該怎麼說，總覺得這次不是那種情況。」

「妳的意思是？」

一直緊咬這個話題的松下似乎有什麼頭緒，她沒有結束對話，繼續說下去。

「感覺像是想說，卻無法說出來一樣。畢竟她是那種經常把討厭的事情堆積在內心的人。」

當了一年半的朋友後，就連這種事情都能感受到呢。

「她應該不是只堆積在內心就結束了對吧？」

「這個嘛……她大多會來找我商量就是了。」

「既然這樣，就再觀察一陣子吧。假如跟松下預測的一樣，大概再過不久她就會來找妳商量了吧？」

「……或許吧。」

雖然松下看起來有些無法接受的樣子，但這種話題也沒辦法在佐藤附近講太久，所以她老實地讓步了。

即使佐藤的心不在焉讓人有些在意，總之要先決定在哪裡擺攤。

差不多想確定地點，往下個階段移動了。正當我們結束二樓的視察，最後準備前往一樓時，碰到人數較少的其他團體。

「唷，綾小路。你也在找文化祭的擺攤地點嗎？」

如此向我搭話的是二年A班的橋本。還可以看到神室與身為領袖的坂柳就站在他身後。

既然這三人會同時行動，應該不是單純在散步吧。

「誰知道呢。或許我們已經決定好了，也有可能甚至連要選在室內或室外都還沒決定。」

「還沒決定？這謊言太明顯了吧。意思是你特地帶著堀北她們，毫無意義地在特別大樓徘徊嗎？告訴我們你們要推出什麼節目吧。」

雖然坂柳沒有加入這場對話，但她微微露出笑容在一旁看著。

「問他也沒用喲。畢竟他的立場無法掌握班上的一切。」

堀北無法在旁默默聆聽，她插入我們之間，中斷對話。

「既然這樣，就是說他單純在享受後宮而已嗎？」

橋本指出六人裡面只有我一個男生這點，向神室尋求同意。

「橋本同學也是差不多情況吧。跟你一起行動的是坂柳同學與神室同學。即使人數不同，男生也只有你而已喲。會挑這種奇怪的毛病，是因為你有這樣的自覺嗎？」

堀北刻意用相同水準的回覆，來展現綽綽有餘的對應。

雖然看起來像是被擺了一道，但橋本並不會因此驚慌失措。

他反倒當作沒有剛才那場對話一般，換了個論點。

「佐藤和松下，還有王跟前園嗎？妳們最近也常在學校討論呢。」

橋本的視線看向女僕咖啡廳的四名提議者。

相對於擺出警戒態度的三人，松下用與平常沒兩樣的模樣上前一步。

「就算你想從我們這裡挖出什麼情報，也是白費工夫喲。」

「這樣你差不多可以理解了嗎？」

松下也加入堀北那邊一起同仇敵愾，兩名女生態度強硬地對抗橋本。

「我沒那個意思喔？哎，真的啦。只不過——」

那種話中有話的說法，讓除了我之外的學生開始有種危險的感覺。

「唔喔，再說下去有點多餘了嗎？」

橋本咧嘴奸笑，這時他首次將視線看向坂柳。

看起來彷彿在詢問坂柳：「說出來也沒差吧？」

「你好像有話想說呢，橋本同學。」

松下像要保護其他三名女生般擋在前面，用略感煩躁的聲音這麼問道。

彷彿一直在等她這句話似的，原本就饒舌的橋本更加滔滔不絕起來。

「我是在擔心你們的文化祭啊。雖然在體育祭時好像跟龍園合作得很順利，但就算這樣，你們認為能夠一直信任那傢伙嗎？」

「你這話是什麼意思呢？」

「就是字面上的意思。因為那傢伙會裝成夥伴的樣子，若無其事地從背後捅人一刀啊。」

「體育祭是體育祭，文化祭是文化祭喲。坂柳同學你們不用說，龍園同學班也是我們應該打倒的敵人。怎麼可能信任他呢？」

「如果是那樣就好。我只是以為你們可能又會跟龍園聯手罷了。」

假如要跟他聯手，最好當心點——橋本苦口婆心似的這麼說。

敏銳的松下也感受到他這番話背後的含意和暗示了吧。

雖然很想質問他是否知道些什麼，但松下忍住這股衝動。

「我們正在趕路，沒空一直陪你玩文字遊戲呢。對吧，大家？」

松下轉頭看向女生們跟我，尋求同意。

「也是呢。我們差不多該走了，在這裡和他閒聊也只是浪費時間。」

「你被討厭了吧？」

神室拿這種尷尬的氣氛揶揄橋本，只見橋本裝模作樣地嘆了口氣。

「或許吧。我只是沒來由地想問問看而已……算啦，你們就好好努力吧。」

結果坂柳一句話也沒說，走進了我們直到剛才都還在看的教室裡。

「剛才有點恐怖呢……」

鬆了一口氣的小美向站在她左邊的佐藤這麼低喃。

「……咦？啊，唔、嗯。有一點呢。」

不曉得是否有在聽小美說話，佐藤這時的態度也相當不自然。

「總之我們先移動吧。」

要是站在這裡說話，很快又會跟A班的成員再度碰面。

這是所有人都想避免的狀況，因此我們決定尋找其他候選地點。

「關於剛才橋本同學說的事情……不覺得不太對勁嗎？」

前園欲言又止似的說道。

在準備女僕咖啡廳的過程中，我跟堀北將那件事先告訴在場這些成員。是被橋本那番話動搖而感到不安了吧。

「這次文化祭也會與龍園同學班互相合作，是確定事項沒錯吧？」

「對。在體育祭互相合作時，也跟龍園同學方達成協議了。」

彼此會推出內容沒有重複的節目。

如果節目類似，或是陷入要競爭的狀況，雙方會互相避開擺攤地點。

還有事先安排好人手，以便能有效率地交換或是暫時借用人力，幫忙支援。

雖然只是一些簡單的約定，這是為了以防意外狀況的協定。

「因為體育祭進行得很順利，所以沒有太放在心上，但聽到有人那麼講，該說難免會覺得不安嗎……真的可以信任他們？」

「要說能否信任龍園同學這個人，的確有些疑問呢。所以才會透過葛城同學來商量事情喲。我是認為沒有問題。」

「我也想相信。可是，橋本同學看起來好像知道些什麼不是嗎？」

「嗯，我也有那種感覺。就算沒有遭到背叛，我們聯手的事情也可能洩漏出去了吧？」

「知道這件事的，有我跟綾小路同學，還有提議開設女僕咖啡廳的妳們四人。龍園同學班知情的人有葛城同學。或許除此之外他還有告訴幾個主要的同班同學，然而把這件事洩漏出去沒有好處。」

堀北向兩人說明很難想像情報會洩漏出去。

「我也同意堀北的看法。畢竟堀北跟龍園會在體育祭聯手打倒A班這件事，應該出乎他們的預料吧。他們只是在提防下次會不會又是這樣而已。或許今後也會碰到類似的接觸和試探，別放在心上比較好。」

我若無其事地先在旁幫腔。

「說、說得也是呢。我知道了。」

前園跟小美點了點頭，松下與佐藤也再次繃緊神經。

之後回到教室的我們，為了做出最終決定而聚集在一起。

「我想就靠在場這些成員，以投票決定要在哪裡擺攤，可以嗎？」

「假如票數都一樣，要怎麼辦？」

「那就到時再想辦法。總之先投票一次看看吧。出石頭代表一樓、出剪刀代表二樓、出布就代表三樓，沒問題吧？」

小美是為了避免自己弄混嗎？她小聲地複述之後，注視著手心。

「要開始嘍。預備——」

包括我在內的六個人，同時用手表現出各自偏好的樓層。

看一眼就能知道勝負已分。結果有四個人出石頭，兩個人出剪刀，沒有人出布。

因為要移動到三樓果然還是太麻煩了，這個選項被排除在外。

雖然我為了壓低初期成本出了剪刀，但比較方便的一樓也是不錯的選擇吧。另一個出剪刀的人是松下。

總之，這下子決定要申請在一樓擺攤，算是前進了一步。

「我立刻提出申請。畢竟還有很多班級在觀察情況，要是遭到搶先就麻煩了呢。」

為了確保一樓的地點，堀北立刻用手機開始辦理申請手續。

「那今天就此解散嗎？」

「不，在解散前我有一件事要說。」

直到最近我都在用自己的方式收集關於女僕咖啡廳的情報。

應該先提及一下這件事吧。

「女僕咖啡廳的主要客群是男性。雖然文化祭也有許多攜家帶眷的來賓，但基本上要瞄準的

是男性客人。」

「儘管不覺得會完全沒有女性客人上門，不過以比例來說，應該會有相當大的差距吧。」

這方面的事情根本不用調查，無論是誰都會從一般的印象當中產生這種感想吧。

「這世上似乎還有一種跟女僕咖啡廳相反，叫做執事咖啡廳的店。也就是替客人服務的並非女僕，而是男性扮演的執事。」

松下等人好像也是首次聽說這個情報，她們感到佩服似的露出驚訝的表情。

「女僕和執事都是一種概念咖啡廳呢。」

「……妳也挺清楚的嘛，堀北。」

「我至少會收集情報。先把情報記下來，之後再判斷能否派上用場就好。」

這方面應該說真不愧是堀北吧。

「那就進展到下個階段嘍。最重要且不可或缺的是清潔感。既然要在特別大樓的教室舉辦，我認為不只是樓層的問題，也應該把這方面的事情納入考量。」

每間教室用來上課的使用率也各自有很大的差異。

「地板、牆壁、天花板，此外還有椅子等等，因年久磨損產生的傷痕會有不少差異。希望你們可以仔細檢查，不要漏看這些部分。」

「這點很重要呢。就算我們會在某種程度上靠自己清掃，也會有無法掩飾的部分。教室越是乾淨，就越能給咖啡廳加分呢。」

在場所有人都贊同這點，重新開始環顧教室的每個角落。

到目前為止，只著重在便利度和外部景觀的意識，開始產生變化了吧。

「還有關於制服也是，不能太過露骨地強調情色性。」

「咦？你剛才說了什麼……？」

「我說情色性。自古以來性愛和色情在美術方面被當成重要的要素看待。雖然露出內褲讓人看這種行為過於荒唐，但避免斷絕或許能看見的希望這點也很重要。」

她們果然沒有考慮到這一點吧，堀北也露出目瞪口呆的表情。

「那、那個，綾小路同學。你好像變得異常清楚這些事情耶？」

「既然被託付營運女僕咖啡廳這個任務，當然不能敷衍了事。我盡最大能力在別人的協助之下，學習了各種相關知識。」

班上有幾個學生十分了解這方面的話題，也讓人感到非常可靠。當然我沒有明說是堀北班要推出女僕咖啡廳，而是以我個人很感興趣的前提去接觸那些同學。誤以為是我覺醒成為阿宅的一部分學生，認為既然可以增加同志便不求回報，他們異常熱烈的招待和指導讓我有些過意不去就是了。

「我可以繼續嗎？」

「唔、嗯，請說……」

因為看來沒有人要制止我說下去，所以後來自己也暫時高談闊論了一番何謂女僕。

會實際穿上女僕裝的人們，先掌握到這些事情是很重要的。

這樣她們也能在面對客人時，意識到該如何應對吧。

「然後我也思考了一下行銷戰略。除了提供餐飲以外，還可以販售叫做拍立得的拍攝權。就是使用拍立得專用的相機，拍攝一名女僕的價格為八百點。至於女僕與客人兩個人一起合照的情況，我是把價格設定為一千兩百點。為了降低成本，我曾經提議用手機拍攝後再透過印表機列印出來的方法，但指導我的博士駁回了這個提議。他表示要是為了利益疏忽品質，是無法受到消費者青睞的。」

倘若能巧妙地活用這個方法，這部分的營收有時也不遜於餐飲收入。

「但也要考慮到萬一賣不好的庫存壓力吧？」

「不，關於底片數量，要有自信一點，大量進貨。我也設想了全賣光的方案。當然前提條件是照片不能公開。然後在堀北的主導下，也開始設置由男生帶頭的攤販了，男生這邊的食材也應該讓他們跟女僕咖啡廳產生連結吧。」

在我說完之後，堀北沉默一陣子，然後咳了一聲清喉嚨。

「包括其他年級在內，感覺會出現好幾間飲食店，因此競爭率必然會提高。所以我們要特別強化輕食的部分，同時設定成比較便宜的價格。」

「可是那樣賺不了多少錢吧？」

「對。我們的主力是女僕咖啡廳，所以那是為了讓客人前往女僕咖啡廳的布局。會贈送能夠在女僕咖啡廳使用的飲料半價券給購買輕食的客人。」

因為有必要讓客人認知到女僕咖啡廳的存在，然後前往特別大樓嘛。

我們必須在戶外宣傳，確保用來誘導客人的動線才行。

2

女僕咖啡廳的討論結束之後，我前往櫸樹購物中心。

因為今天要調查食材的價格。

購物中心內有販售的食材，以及能夠在網路上購買的食材。

能否用較便宜的成本準備高品質的東西，是很關鍵的要素。

如果邀惠一起來，就會變成約會而非偵察，所以我今天是單獨行動。

前往超市的途中，發現有一個人盯著館內地圖看。

他表情異常嚴肅這點讓我有些在意，於是決定向他搭話。

「你今天是眾人注目的焦點呢，須藤。」

直到我靠近為止都沒察覺嗎？須藤有些吃驚地轉過頭來。

「咦？喔，是綾小路啊。注目的焦點是什麼意思啊？」

「就是期中考的結果。」

「喔，你說那件事啊。雖然很開心啦，但以我的立場來看，該說跟預料的一樣嗎……怎麼說呢，最直接的感想應該是跟自己評估的分數幾乎一樣吧。」

看來在期中考結束後，他甚至還自己詳細地評估了分數。

「剛入學那時的你要是知道自己現在的模樣，肯定會大吃一驚吧。」

「哈哈哈，說得沒錯。用功念書記住這些單字和算式，能派上什麼用場啊？少做這些白費工夫的事情，多花點時間練籃球吧——我想自己一定會這麼怒吼吧。」

須藤想像過去的自己，這麼回答了。

我突然很想問問這樣的須藤一個問題，因此決定試著開口：

「假如過去的你叫你別做些白費工夫的事，現在的你會怎麼回答？」

「咦……？這個嘛……」

須藤稍微思考一下後，將自己想到的答案化為言語。

「連單字和算式都記不起來的你又能派上什麼用場啊……之類的？」

雖然這回應漂亮得不像須藤會說的話，但以前的須藤沒那麼好應付這點也是事實。

「感覺以前的你會回說『反正我會成為職業籃球選手，根本沒差』呢。」

「唔，的確……！很像我會說的話……若是那樣，該怎麼回應才是正確答案？也能打頭腦戰的職業選手更技高一籌吧……嗎？有理說不通的對象很棘手啊……」

須藤一邊傷腦筋，一邊露出苦笑。

「老實說，我也是有一點焦急，覺得功課越來越難懂了……雖然到目前為止只要抓到訣竅，就能吸收得很快啦……」

須藤一直以全速衝刺在挽回至今落後的進度，也因此會產生這種不安與焦慮。

畢竟是從國中的水準——不，以須藤的情況來說，等於是從小學的水準重新出發一樣。那樣的水準在趕上高中二年級生的程度時，實際感受到了停滯期嗎？

須藤這次拿到第十一名的成績。這個超越全班一半人數以上的結果雖然十分值得自豪，但他害怕這股氣勢會在這裡停住。

接下來要面對並非單純地增加念書時間就能解決的問題吧。

今後會更加複雜且大量地考驗努力以外的要素，例如理解力、效率和才能。

「先別提這些，你找我有什麼事嗎？」

「與其說有事找你，不如說是有些在意。你今天不用參加社團活動嗎？」

雖然表情也很反常，但這個時間須藤會在櫸樹購物中心這件事，更令人感到不可思議。

儘管離文化祭越來越近，社團活動仍照常進行。

「我今天稍微請假了一下。」

「真稀奇呢。」

乍看之下，須藤看起來不像是身體不舒服的樣子。

「是因為有一點……其他的問題。」

「其他的問題？」

「最近我的視力變差到自己都有自覺。」

須藤這麼說，注視著遠方。

「我的視力從小就一直是2．0，但最近好像不太對勁。」

這表示埋頭苦讀的弊病導致須藤的身體出現變化了。

對運動員來說，視力非常重要。

倘若今後視力繼續變差，也會對比賽造成影響吧。當然可以靠眼鏡和隱形眼鏡來大幅矯正，但就算這樣，最好還是能夠維持好視力。

「所以我想檢查一下視力，正在找眼鏡行。畢竟以前從沒去過，正在想哪裡有眼鏡行。」

所以他才會盯著導覽地圖看嗎？既然強烈地切身感受到視力變差，或許視力確實正在降低的可能性並不低啊。

「就算今後視力會變差，我也會繼續念書喔。怎麼說呢，雖然籃球非常重要，我也不打算放棄籃球……但開始覺得在夢想當個職業選手的同時，擁有一些其他的選項或許也不錯。」

「其他的選項？」

「……你可別笑我喔？」

「我不會笑的。」

「我覺得就這麼普通地考上大學，繼續念書好像也不錯。就算靠A班特權強硬地當上職業選手，要是缺乏實力，在運動界也不可能有人會重用我。既然這樣，不如去上有興趣的大學好好努力一番，也是一條出路對吧。」

原本不情不願開始的學習，也對須藤的想法帶來很大的變化。

「而且也可以先上大學，等畢業後再成為職業選手嘛。」

「是啊。」

並不是非得在高中就選擇踏上職業選手這條路。

到目前為止的須藤，腦中都只有高中畢業後就成為職業選手這條路，但現在多了一個先上大學的選項。他今後會將自己的目標分得更細吧。

「啊。」

須藤在視野前方注意到什麼，發出這樣的聲音。

我也慢了一拍將視線看過去，於是發現了明人與波瑠加的背影。

「看起來……不是在約會吧？」

「我想也是。」

如果只是遠遠地觀看兩人的背影，看起來只像是一對男女情侶在散步吧。

不過，班上同學都非常清楚那兩人目前處於怎樣的狀態。

「一直放著他們不管沒關係嗎？」

「就算我現在去跟他們搭話，也沒辦法解決問題。」

「或許是那樣沒錯啦。」

須藤看似焦躁地用力握緊了拳頭。

「雖然我跟佐倉也不是特別要好，畢竟有過類似的經驗啊。」

須藤以前常跟山內一起玩，連同池在內被稱為笨蛋三人組。

所以在山內退學時，他應當感到十分難受。

「可是，她跟那時的我應該無法相比吧。我沒辦法斷言自己願意代替對方退學。」

畢竟對波瑠加而言，愛里的存在似乎與校園生活本身的價值相等——不，甚至在那之上。

「要是碰到什麼傷腦筋的事，隨時都可以來找我喔。哎，雖然你應該不需要我的力量吧。」

「沒那回事。要是有事情想找你商量，我是不會客氣的。」

「好。那我去處理一下自己的事啦。回頭見，綾小路。」

我跟須藤道別後，決定前往超市。

3

隔天早上，我和惠約好要碰面，在宿舍樓下會合。

「抱歉，清隆，等很久了嗎？」

「沒等多久，我們走吧。」

在我身旁並肩的惠毫不猶豫地拉起我的手，邁出步伐。

像這樣牽著手一起走的行為，也習以為常了。

「昨天——謝謝你陪我到深夜，真的很開心。」

惠稍微泛紅了臉，同時用力地握了一下我的手。

「萬一穿幫的話，那樣的行動可能會出一點問題就是了。」

昨天過了門禁時間後，惠也一直在我的房間逗留。幸好她回房時似乎沒有目擊者，所以應該不會受到懲罰吧。

「啊哈哈，的確是呢。」

惠的側臉看來有些可靠。僅僅半天就能產生這樣的變化嗎？

「不會痛嗎？」

「……一般會這麼問嗎？」

「這是不能問的事情嗎？」

「雖然不是不能問……那個，該怎麼說呢，原本以為自己已經習慣了呢。」

儘管紅著臉，惠仍十分開心似的瞇細雙眼。

「就某種意義來說，算是第一次經驗，所以可能是心靈方面還沒有跟上吧。不過，正因為這樣，清隆不在乎門禁時間，一直陪伴在我身旁的舉動讓我覺得很安心。」

的確，假如我不在，不曉得會有什麼後果。

「這樣啊。」

或許昨天的經驗讓惠又朝大人的階段邁進了一步也說不定。

雖然還處於由支柱支撐的狀態，但惠已經能夠放手，成功地站起來。

從原本以為再也站不起來的狀況下開始起步的長期復健。

對惠而言，最重要的是學會跌倒時靠自己站起來這件事。不像其他學生那樣能一朝一夕就學會站起來的特殊情況。可以說那樣的惠也終於要更進一步成長了吧。

「早、早呀，小『惠』。」

我們一抵達教室，已經先到的佐藤看到惠，便站起身飛奔靠近這邊。

「啊——早，小『麻耶』！」

惠用視線向我示意後，毫不猶豫地與佐藤在近距離開始聊天。

儘管態度還有些僵硬，但她們立刻像往常那樣——不，是比以往感覺更加親密地開始聊了起來。從兩人起頭的幸福小圈圈也開始蔓延到其他女生那邊，包括之前鬧得不太愉快的篠原和小美等人，甚至還影響到平常不太會有交流的學生們。

雖然堀北也慢慢地開始發揮領袖魅力，覺醒了讓大眾團結的技能，這又是另一種狀況。這是打造出小圈圈，將其他人吸引過來、凝聚在一起的力量。

惠無庸置疑地是具備這種素質與資質的存在。

搭配這些為了讓班級變得團結不可或缺的事項，我們邁向文化祭的路途讓人感覺一帆風順，但可能燃起大火的事件，突然在這時傳來消息。

「喂，我們班真的要推出女僕咖啡廳嗎？」

開端是在衝進教室露面的同時，一開口這就麼吶喊的池。

正因為這件事只有一部分學生知情，前園大吃一驚似的站了起來。

佐藤、松下和小美這些提議者們也同時面面相覷。

知道女僕咖啡廳這件事的人，目前只有確定會以工作人員身分參加的一部分女生與被詢問過的女生，還有負責整合文化祭的堀北。

堀北沒有露出著急的模樣，她冷靜地傾聽池所說的話語。

假如過度反應，會讓全班同學都領悟到我們是真的要推出女僕咖啡廳。而且對其他班來說也是一樣。

雖然追根究柢來說，在前園等人表現出強烈反應之時，堀北這麼做已毫無意義就是了。

而且池已經斷言是女僕咖啡廳，所以不太可能是隨口胡說的。

「你在哪邊聽說那種事的，池同學？」

「妳問在哪邊，呃……」

看到前園彷彿在生氣的緊繃表情，池不禁感到畏縮，不知該如何回答。

「剛才在大廳那邊，石崎跟鈴木……好像還有野村，他們三人很大聲地在討論這個話題。」

「欸，堀北同學，這是怎麼回事？這件事應該還是祕密吧？」

松下走近這邊，她還清楚記得昨天橋本主動與我們接觸。

「對。原本以為不可能發生那種狀況，好像是我太天真了。」

在石崎等人引起騷動時，答案已經顯而易見。

「這表示龍園同學果然背叛了我們？堀北同學，妳之前說過沒問題的吧？」

正當前園一臉氣憤地想逼問堀北時，有人打開教室的門，只見須藤看起來有些慌張地進入教室。

「喂、喂，龍園他們過來這裡嘍。」

「……看來只能出去迎接了呢。請你們乖乖待在教室裡面。」

堀北判斷倘若局外人隨便加入，事情會變得更複雜，她一臉麻煩似的起身離開座位，決定到走廊迎接對方。

「唷，鈴音，特地出來迎接我的嗎？」

龍園走在前頭，石崎、阿爾伯特與金田三人跟在他後面。

「不曉得你帶這些危險的成員來做什麼呢？」

「今天有件事想先跟你們說一聲。對吧，石崎？」

「沒、沒錯。」

石崎用有些緊張的表情環顧我們。被叮嚀不要離開教室的學生們似乎也非常在意這邊的情況，忍不住一直偷瞄觀望發展。

尤其是前園，她毫不掩飾焦躁的情緒，瞪著龍園看。

「看來你從早上就在吵鬧的那件事情，好像也確實傳入這些傢伙的耳裡了啊。」

龍園切身感受到飄散在周遭的氣氛，他邊笑邊這麼回答。

「老實說，我大吃一驚呢。你真的會若無其事地採取出人意料的行動呢。」

「咯咯，只會做些別人能夠預測的行動，也很沒意思吧。」

為了讓還沒有掌握到狀況的池等人能夠聽清楚，龍園開始仔細地說明：

「由於鈴音的提議，我們班在體育祭時跟你們締結了合作關係。然後這次的文化祭也一樣，在很初期的階段就預定要聯手了。」

正確來說，文化祭是在我主導下向他們提出合作的要求，但在這時只是些瑣碎的小事。

然後堀北與葛城一起歸納出結論，同意接下來在文化祭也攜手合作。

「推出的節目要避免相同的內容，關於擺攤地點要互相討論，倘若有必要會互相出借人力，幫忙支援對方，好像是這些吧？」

「說得沒錯。雖然學生們的互相支援預定是更後面的事情。不過我們很早就知道要推出的節目內容，關於擺攤地點也在昨天聽說了。」

像是要補充細節一般，金田揚起嘴角。

「你打從一開始就打算背叛我們呢。但因為要等到問出擺攤地點，才會隱藏到今天——是這麼回事吧。」

「就是這麼回事。不好意思，說要合作的契約就此作罷吧。」

「說是要解除契約，你們的行為實在很惡劣呢。不僅單方面地得知了我們的擺攤地點，甚至還揭露我們要推出的節目。」

「揭露？只是石崎他們在閒聊而已吧。然後那些話碰巧被你們班和其他班的人聽見罷了。竟然偷聽別人說話，還真是群小心眼的傢伙啊？」

班上同學們也開始慢慢地理解狀況。

「堀北同學，剛才這些話都是事實嗎？」

我們跟龍園班持續至今的合作關係，就連現在這麼詢問的洋介也還不知情。

「原本打算等所有事情都穩定下來後，再告訴你們的……」

本來協商已經進入最後階段，對方卻在此時翻臉不認帳。

包括洋介在內的班上同學，被迫得知目前陷入這樣的局面。

「可以姑且問一下理由嗎？你們這樣背叛有什麼好處？莫非你們重新跟坂柳同學或是一之瀨同學聯手了？」

「我是為了打垮A班，才會在體育祭時幫你們一把。不過，你們也理所當然地贏了不少場比賽，嚐到甜頭了對吧？」

雖然彼此都在體育祭中獲得勝利，結果班級點數還是相差了一百點。

「那是在對等的契約下公平競爭的結果喲。文化祭的提議也是一樣。」

「不過，結果就算打垮了A班，要是你們B班爬到相同的位置，那樣根本沒有意義嘛。雖然可以拿到的班級點數沒多少，但接下來的文化祭，我們會用跟你們同樣的節目獲得勝利。」

「意思是你們要推出女僕咖啡廳？」

「同樣」這個關鍵字讓前園立刻產生反應。

「哎，多少會換一下概念就是了。我們打算推出跟你們類似的東西。」

如果只是要推出的節目內容洩漏出去，倒也不是多重要的事情。

然而，他們刻意推出同類型的節目，包括前園在內的提議者們，還有班上同學們應該都感受到這對堀北班而言會成為嚴重的致命傷吧。

第一名到第四名。這是在宣言他們要跟我們互相爭奪能夠獲得一百點班級點數的四個座位。

「意思是你們要特地用同類型的節目跟我們互相競爭？我不覺得這對你有好處。」

「的確，如果要互相搶客人，風險或許比推出其他節目高吧。但那又怎樣？我們可是想到了超越你們的營收，而且名列前茅的方法。」

他感覺不像是只為了講這些話，才專程闖進這裡的。

「所以說，讓我們來場更令人熱血沸騰的比賽吧，鈴音。」

「……比賽？」

騷動開始慢慢變大，其他班像神崎等無關的學生，也聽到龍園的宣戰布告。橋本彷彿在看好戲似的觀察情況，這應該是因為他比堀北班更早得知了這件事實吧。

「能夠多賺到一點的那方，可以從對手班級拿到五百萬點。妳不覺得這會是一場很有意思的比賽嗎？」

「你說這般話是認真的？這實在不像正常人會下的賭注。」

「要讓我說的話，倒覺得只是區區五百萬點啊。」

我們無法擅自更動班級點數。

但可以自由處置個人擁有的個人點數。

龍園就是利用這點向我們提出「賭注」。

有別於十二個班級互相競爭的狀況，這是一對一的提議。

就算在文化祭中無法名列前茅而落敗，只要在直接對決中獲勝就能拿到五百萬點個人點數，確實可以說是一場令人熱血沸騰的比賽。

「唉，其實我比較希望跟其他對手來一場金額更高的對戰，但學生會的南雲說他不會干涉這次的文化祭，迴避了這場賭注啊。A班以外的三年級生又都畏畏縮縮的。即使好像不是在逃避，既然找不到對手，那也沒辦法。就我們這些二年級生來對決吧。」

「你別自說自話，我不打算接受那種亂來的提議。」

「妳也要逃避嗎？」

「你不僅單方面毀約，還洩漏我們的情報。而且故意推出一樣的節目在先，還好意思說要比賽？這件事免談呢。我總算明白葛城同學避免決定懲罰的真正意圖了。」

「那種事已經無關緊要了吧。妳沒自信在這場跟我對決的戰鬥中獲勝嗎？」

「我可沒那麼說。」

「哦？」

「擅自妄為到這種地步，以我的立場來說也不能保持沉默。我會積極考慮你提議的賭注。」

「咯咯，還真敢說。等妳的好消息喔，鈴音。」

講完要說的事情，龍園一臉滿足似的打道回府了。

讓橋本等觀眾讓出一條路的凱旋。

因為龍園等人離開，原本在旁當觀眾的其他班學生們也開始打道回府。

在這當中，與我四目交接的橋本微微揚起嘴角，聳了聳肩。

簡直像是想說：「這下你理解與龍園聯手是怎麼回事了嗎？」

這件事早就在全體二年級生之間傳開，而且遍布所有年級了吧。

包括龍園這種大張旗鼓的參戰在內，女僕咖啡廳這個節目陷入較為嚴苛的環境。

假如有其他班級原本也同樣在考慮是否要推出這個節目，即使他們現在馬上改變計畫，我也不會感到吃驚。

但我們已經開始進行許多事前準備。

「這下要怎麼辦呀，堀北同學。我們準備得差不多了吧……？」

「龍園同學班真的會推出女僕咖啡廳嗎？」

前園他們懷抱著不安還有試圖掩飾起來的不滿，向堀北如此搭話。

「可能性很高呢。我不覺得那只是單純的威脅。」

「現在馬上換成其他節目怎麼樣呢？」

為了讓事態好轉，洋介認為應該也要考慮這個選項而這麼提議，但……

「沒辦法那麼做。畢竟已經投入一部分預算了。」

例如訂製女僕裝之類的部分，已經盡可能先準備完畢了。

我們無法捨棄到目前為止耗費掉的成本。

要是就此收手，等於是把寶貴的資金丟進水溝裡。

倘若能伴隨著逐漸減少的時間再次討論今後該如何周旋就好了。

我們可以說完全陷入沉沒成本效應吧。

「只能利用這種狀況了。就算不至於賭到五百萬點，也可以答應這場賭局，把它轉變成獲得

大量個人點數的機會。」

當然前提是班上同學肯答應這個提議就是了。

因為需要靠全班一起合作，才能籌措一筆鉅款啊。

4

雖然也有像堀北班這樣因為遭到背叛而被揭露情報的例子，但表面上直到文化祭當天為止，都不清楚哪一班會在哪裡擺攤，還有會推出怎樣的節目。

不過節目規模越大，就越需要在事前為了文化祭當天開始進行準備。

實際上被認為是擺攤場所的各個地點，都可以看到各班的學生在整理。

在這當中，南雲率領的三年A班有個出人意料的情報傳遍了全校。

是從一開始就不打算隱瞞嗎？根據聽說的傳聞，他們好像包下了體育館這種大型空間，要推出將「鬼屋」與「迷宮」融合在一起的攤位。

應該說這就是沒有必要與其他班競爭來賺取班級點數的王者風格嗎？

恐怕這並非由南雲主導，而是尊重全班同學的意見，讓他們放手做想做的事情。他們的行動讓人覺得是把勝利擺在其次。

光是從遠方觀察搬進體育館的小道具等東西，也能明白他們投入了一定程度的資金。彷彿在展示這點一般，三年A班終於從昨天開始告知他們會獨自進行試營運。

他們讓想嘗鮮的學生們實際體驗迷宮鬼屋，募集眾人意見。不禁讓人感受到他們想展現高品質節目給當天的來賓們觀賞的氣概。

站在我這個對文化祭一竅不通的人的立場，無論是以怎樣的形式，都會想親身感受看看其他班級推出的節目。

到了放學後，為了參加試營運，我前往體育館。

是因為會分成好幾天試營運嗎？即使是首日，也沒看到太多一年級或二年級生的身影。

關燈的體育館與平常截然不同，稍微散發出恐怖的氛圍。

我排在隊伍最後面，沒多久便聽見非常耳熟的聲音。

「學生會長真厲害呢，居然這麼光明正大地公開。」

「規模這麼大，要隱瞞到當天也不容易。如果要順便當成練習，早早公開情報是很明智的判斷。」

我稍微轉過頭看，只見走近這邊的是一之瀨與神崎。

看來他們似乎跟我一樣，是前來偵察兼觀察情況的。

「啊……」

就在他們想要排隊的時候，我的存在理所當然地映入兩人的眼簾。

最先表現出過敏反應的一之瀨，真的只是稍微點頭致意，便移開視線。

神崎一言不發地瞥了那樣的一之瀨和我一眼，就開始排隊。

我們陷入一陣尷尬的沉默裡，隊伍前進的速度也沒有想像中快。

一方面大概也因為今天是試營運首日，三年級生們似乎無法流暢地照流程進行。

「……對、對了。那個，我突然想到有點急事。神崎同學，不好意思，接下來的事情可以交給你嗎……？」

這顯然是一之瀨隨口胡謅的藉口，但神崎並沒有感到疑問，便點頭應允了。

「回、回頭見。」

該說一之瀨無論何時都無法徹底變得冷酷無情嗎？她禮貌地也向我打了一聲招呼，才離開隊伍。之後只剩下我跟神崎，氣氛瞬間沉重起來。

這狀況即使是一無所知的學生，好像多少也會察覺到原因。更何況對方是神崎，這種狀況非常明顯吧。

「情況如何？」

我試著詢問一些無關緊要的事情，神崎的表情立刻變嚴肅起來。

「你覺得會好嗎？」

班級點數慢慢往下掉的一之瀨班，情況不可能有多好。

我的問法聽起來幾乎像是在挑釁吧。

我寫下名字，聆聽規則說明。

即便是說明，也只是些最基本的禮貌。

『禁止在裡面使用手機。一定要調成靜音模式。』

『禁止大聲閒聊。』

『請不要毫無意義地在裡面逗留。』

『基本上請勿用手碰觸道具。』

在我看完說明時，神崎已經離開隊伍，背對著這邊。

他恐怕在等一之瀨回來吧。

他這麼做，是推測一之瀨會在我離開體育館時回來這裡吧。

我暫且不管神崎，在說明事項上簽名表示同意後，踏進鬼屋裡。

滿是牆壁的鬼屋當然十分狹窄，視野相當糟糕。

不曉得是否為了縮減光源，感覺是在百圓商店買的手電筒纏上膠帶，因此沒能盡到多少身為燈光的職責。

我最近也常活用網路調查關於文化祭的事情，不過學生居然能做出這麼驚人的高品質嗎？

三年級生——不，是三年A班的高超技術力讓我坦率地大吃一驚。

我無視鬼怪的存在，更加仔細地觀察周遭。

要說是理所當然也沒錯，基本上他們是靠裝潢在室內的裝飾品醞釀出氣氛，關鍵的嚇人部分大多由人類負責。

轆轤首的長脖子是躲在幕後的學生配合遊客前來的時機伸長。

會衝出來拔刀的落難武士，當然也是由其他人負責扮演。

還有好幾個機關很明顯才製作到一半，但正式開幕時那些機關會全部完成，品質也會更上一層樓吧。

或許對大人而言沒有多大的吸引力，但說不定會大受來賓的家人，尤其是小孩們的歡迎。倘若價格設定得太貴，容易被敬而遠之，然而如果是小朋友想玩，家長也會大方地掏錢吧。

為了今後讓女僕咖啡廳的方針變得更加穩固，這是十分重要的因素。

應該已經走了一半的路程吧。

正當我準備按照寫著「往左走」的看板進行移動時，映入視野的影子動了起來。

看來他們似乎又要用新的機關來嚇唬人。

「哇啊……啊啊啊啊！」

原本要發出哀號的應該是我才對，但突然衝出來的幽靈無視我的存在，在眼前因為高低差而絆倒，誇張地摔了一跤。是三年A班的朝比奈薺。

我心想這說不定是一種表演，因此沒有伸出援手，但看到她痛到不行的模樣，確信這其實是預料之外的事故。

畢竟周遭一片漆黑，也難怪她會沒注意到腳邊……

「好痛、好痛！」

「……妳不要緊吧？」

向照理說已經不是活人的幽靈伸出援手——就某種意義來看是很可怕的景象。

「謝、謝謝你……痛痛痛痛痛。」

看來似乎連靠自己站起來都有困難，只見她當場癱坐在地。

也不能就這樣丟著不管，因此我決定幫她一把。

「請問出口是哪邊？」

「咦？出、出口……？大概是這邊……吧……？」

「如果妳怕會記錯，不如我們往回走吧？」

我還記得回到入口的路，所以就算是一邊扶著她走，應該也能很快回到起點。

「沒問題的，你要相信學姊……痛……！」

她痛到叫出聲來，都是因為無謂地虛張聲勢，想要擺出招牌姿勢的關係。

感覺是非常不可靠的指示，但還是乖乖照她說的話做比較好吧。

應該會比我從頭摸索出口來得快。

我帶著迷路了幾次，而且被自己班上同學嚇到的學姊抵達出口。

原本打算立刻把朝比奈交給別人並離開現場，但因為他們正在試營運，似乎沒有學生有空。

「不用在意我。謝謝你，綾小路學弟。我想只要休息一下就沒事了。」

我蹲下來確認朝比奈的腳踝。

「等、等一下？」

「請讓我看看。」

「唔、嗯……」

要說只是稍微扭傷，卻很快就開始腫起來了。

假如沒有接受妥善的治療，感覺也有可能會對日後造成影響。

「我想最好還是去一下保健室。要是在文化祭時無法成為戰力，應該會很麻煩吧？」

「說得……也是呢。嗯，就照你說的做吧。」

她一個人站起來，想要邁出步伐，但領悟到自己因為疼痛無法自由行走後，她只靠沒受傷的左腳站立，改用單腳前進。

然而每次微微跳起時，右腳都會跟著振動，讓她露出痛苦的表情。

「還是讓我幫忙扶著妳吧。」

「唔唔……可是……」

因為很難為情——雖然應該不是完全沒有這種情緒，看來她會抗拒我的幫忙，似乎還有其他原因。

「是因為南雲學生會長嗎？」

「……猜得出來？」

「唉，隱約有這種感覺就是了。」

「要是他看到綾小路學弟跟A班學生有所牽扯，大概不會有好臉色吧。總不能因為我的緣故，給你造成麻煩吧？」

比起自己的傷勢，她似乎更擔心我的樣子。

「學姊不需要擔心喔。因為南雲學生會長應該已經懶得理我了。」

「是這樣嗎？」

「他大概發現自己以前太高估我了吧？」

我決定對朝比奈伸出援手，帶她到保健室。

「謝謝你喲。」

雖然她的打扮略微引人注目，讓人有些傷腦筋，這也沒辦法吧。

我將肩膀借她扶，在幾個人好奇的視線注目下，來到保健室。

為了處理傷勢，老師立刻要朝比奈坐到床鋪上。

因為需要準備些東西，老師指示要她稍等。

正當我心想差不多該離開，打算轉身走人時，她向我搭話：

「這麼說來，你們班還真是倒楣呢。」

我錯失離開保健室的時機，站著跟她聊了起來。

「學姊該不會是指有人洩漏我們班要推出女僕咖啡廳這件事？」

「嗯。」

正好就在今天早上，由龍園親手執行的策略。

我們一直在偷偷準備女僕咖啡廳這件事已經傳遍全校。

當然這麼早就被其他人得知要推出的節目，基本上壞處比較多。

「畢竟C班……龍園班也揚言要推出咖啡廳參戰嘛。」

因為多了競爭對手店，到時得互相爭奪相同目標的客人。

「只能期待因為有兩班要用類似的節目競爭，就不會有其他人跟風了。」

「就算有三、四個班級推出同樣的節目，也只會讓搶客人的狀況變得更嚴重而已呢。」

就算從後追上，也只是徒增風險。

雖然也能採取把擺攤當副業的戰略，但就算這麼做，要戰勝耗費較多資源在這方面的我們也不容易吧。

過沒多久後，老師拿了繃帶等治療道具回來。結果我在旁守望治療過程。治療很快就結束，據說只要安靜休養個幾天，就能順利地正常走路。知道不會影響到文化祭後，朝比奈便將一直忍下來的疼痛與安心同時化為嘆息。

「啊～太好了。畢竟我可不想因為這樣給班上添麻煩。」

「你們班大概還是一樣會占上風，應該不用這麼在意吧？」

就算在文化祭拿到最後一名，也不會損失任何班級點數。

「也不能那麼說呀。畢竟班級點數還是多多益善。雅這次的放任也讓不少人抱持反感。」

朝比奈低頭看向下方，接著說道：

「對於還沒確定會晉級的學生而言，就算只是一點，也需要更多班級點數吧？文化祭也是，只要拿到第一名，到畢業前能獲得的個人點數也會跟著增加。」

考慮到南雲支配的三年級生的規則，認為他們想儘量讓多一點學生在A班畢業是很自然的想法。

以A班的立場來說，似乎也不忍心對B班以下的班級見死不救。

「雖然表面上姑且是說會讓A班以外的班級競爭，然後從拿到第一名的班級裡選出一個人就是了。」

這樣剩餘的三個班級也不會冒出太強烈的不滿呢。

即便如此，倘若不展現出打算盡可能多拿到一點班級點數的氣慨，就無法澈底壓抑住其他人的不滿。

已經放棄獲勝的三年A班，今後會面臨越來越多的壓力吧。

「關於剛才提到的話題，你說雅發現自己太高估你了對吧？」

「對。」

「我一開始也以為是這樣。但那種想法果然還是錯的也說不定。」

「為什麼這麼說？」

「你並不是很明確地跟雅分出勝負對吧？」

「這麼說是沒錯啦。」

南雲和我從未正面對決分出勝負。

「既然這樣，我想應該還沒有結束。」

「我並沒有那個意思喔。無論他使用什麼手段，我都不認為自己會想與他決勝負。」

倘若南雲想把我當對手，只是在浪費他的時間而已。

「那應該沒什麼關係吧。反倒該說……也許會朝比現在更遭的方向前進。他也可能不是直接找上綾小路學弟你，而是對你身邊的人動手腳。」

朝比奈這三年來一直在旁邊看著南雲，也有些事情只有她才能看透吧。

「堀北前學生會長也是，南雲學生會長還真喜歡決勝負呢。」

「啊～嗯。我覺得的確是那樣沒錯。」

「他從來沒有明確地輸給誰過嗎？應該也有挫敗的時候吧？」

只要觀察南雲至今為止的態度，就能自然地推測出答案。

「雅他……從來沒有受挫過吧。至少在我知道的範圍內是這樣。」

同班同學都深信南雲會帶領眾人獲得勝利。

「南雲學生會長是個優秀的人，這是無庸置疑的事實吧。假如他的實力是虛假的，根本不可能騙過ＯＡＡ或是當上學生會長。」

這當中存在著不少光靠政略也無能為力的部分。

「因為他喜歡第一。所以在這所學校也是為了成為第一名奮戰到現在。結果甚至當上了學生會長，真的是言出必行呢。」

「只不過，如果有人問我南雲這個人是不是第一名，我會立刻否定。」

「這是為什麼……？他到目前為止沒有輸給特定的某人過喲。」

「我認為那是因為他一直碰到好應付的對手。」

並不是說南雲很弱。

只不過南雲以往交手的對手都太弱這點也無庸置疑。

「他最大的不幸應該是在同年級中沒有與自己同等以上，而且會與自己互相競爭的人吧？」

「也就是說他沒有好的對手……沒有勁敵對吧？」

「沒錯。」

因為很不幸地一直在跟比自己弱小的人競爭，南雲總是不費吹灰之力地穩居第一。當然他大概也有在起跑衝刺時是第二或第三名的經驗，不過總是會立刻超過其他人，陷入獨自遙遙領先的狀態。

在跑完全程時，即使轉過頭往回看，也不見任何人追趕上來。

盡是一些認為贏不了南雲便放棄，改用走路或停下腳步的人們。

他的周遭有時也會出現像鬼龍院那樣隱藏才能的人吧，但假如那些人不打算追趕南雲並超越他，就跟路邊的雜草或小石頭沒兩樣。

可以認為沒有在小時候體驗過互相競爭的嚴苛和艱難，以及落敗的懊惱，正是讓南雲的想法扭曲到這種地步的原因吧。

他會針對我計劃並實行奇妙的復仇，也並非因為落敗或是抱有覺得自己不如人的自卑感，而是將重心放在把我拉上舞台。

他希望跟我在體育祭一對一較量的時候，也壓根兒不認為自己會敗北。

當然他並非知道我的一切，所以這也無可奈何，但就算南雲曾親眼目睹我的全力，也會對自己的勝利深信不疑吧。

在真正的意義上不知何謂敗北的男人，屢戰屢勝所造成的弊病。

「如果他已經放棄在這所學校戰鬥這件事就好了。」

「這可難說呢。」

「若能照現在這樣，什麼事都沒有就好了……」

事情沒有那麼簡單吧。

這次的文化祭可以間接感受到南雲明顯彷彿換了個人。

看在大眾眼中，只像是南雲好戰的一面與好奇心被壓抑住了而已吧。

但並非如此。

這是暴風雨前的寧靜。

南雲之後會針對我……不，還會針對我以外的人也做出某些事。

或許不是一、兩個人退學就能了事。

應該說這是到目前為止一直在輕忽南雲的報應嗎？

倘若將膨脹到這種程度的炸彈置之不理，就會發展成剛才列舉的那種情況。

學那傢伙曾經這麼說過——

「南雲的做法會讓很多人不幸。」

他說對了一半。

當然我不會否認自己也算是情況會變成這樣的幫凶，但這不過是南雲的感情和思考回路中，原本就潛藏著這個選項罷了。

不過他也說錯一半。

就是根據南雲的做法，本來照理來說無法在A班畢業的學生們，確實獲得那樣的機會。

不只是三年級生，雖然有限制，但一年級生和二年級生也可以獲得轉班券。

縱然使用方法有所限制，這是學的時代不曾存在過的產物。

如果是到去年為止的我，應該會就這樣守望南雲的行動吧。

「我稍微對南雲學生會長產生一點興趣了。」

「在聽說剛才那些話後？」

「對。」

到目前為止一次都不曾感受過的興趣從心底湧現。

「你果然是個怪人呢。」

朝比奈低頭看向纏著繃帶的腳後，輕輕笑了。

「雖然相遇應該是偶然，但或許就是因為這樣，雅才會想跟你戰鬥。」

仔細一想，我會跟朝比奈有接觸，「偶然」這個產物也是很重要的因素啊。

偶然——嗎？

我在與她的對話中逐漸組合出一個邏輯。

剛才所說的偶然是不受控制的東西。

然而並非完全無法控制。

因為所謂的偶然只要換個角度、換個看法，就會大幅改變展現出來的形狀。

朝比奈薺與護身符、偶然的存在與南雲雅。

這作為一個測試案例也不壞。

就像實驗在累積多次失敗後，終將迎來成功一般。

5

我將朝比奈留在保健室，回到體育館。

這是為了探查另一個讓我很在意的神崎，還有推測應該會回來體育館的一之瀨的情況。要是隨便引人注目又會重蹈覆轍，因此我走向距離入口較遠的位置。

在隊伍中沒看到神崎的身影，所以他大概正在裡面，或已經離開了嗎？

只不過就剛才的樣子來看，可以確定他會等一之瀨回來。

我將受傷的朝比奈帶出來時，稍微引起了一點騷動，所以很難想像一邊等一之瀨回來，一邊等我離開現場的神崎會看漏這件事。

然後從我前往保健室到回來這邊為止，大約經過十五分鐘。

倘若在那之後一之瀨立刻回到這裡就另當別論，但如果她原本在較遠的地方，那麼他們現在還在體育館裡面也不奇怪。

我決定一邊觀察整體狀況，同時多留意從鬼屋裡出來的學生。

過了幾分鐘後。

神崎從出口緩緩現身了。

他果然還留在體育館啊，我這麼心想，但接下來的狀況令我大吃一驚。

原本以為一之瀨肯定會在他身旁，但神崎是獨自一人。並不是一之瀨走得比較慢，他看起來也沒有特別在意背後的樣子。

我以為神崎會順勢離開現場，不過他環顧周遭，發現我的身影。

接著他凝視這邊幾秒後走了過來。

「你果然回來了嗎？看來受傷的人沒什麼大礙啊。」

假如情況嚴重，很難想像我會像這樣悠哉地站在這裡。

神崎是從這點推測的吧。

「沒看到一之瀨讓你覺得很不可思議嗎？」

「老實說，是有一點。」

「我擔心可能會跟從保健室回來的你撞上，所以沒叫她回來。而且試營運會進行好幾天。」

也就是說用不著急於一時，一之瀨也還有過來觀摩的時間。

看來一之瀨班似乎也在某種程度上決定好要推出的節目了啊。

假如他們還在摸索，就有必要硬著頭皮趁早觀摩，沒空管我怎麼行動吧。

「我想繼續剛才的話題，你們班好像進行得很順利啊。」

這很明顯地是指從無人島考試到全場一致特別考試為止——倘若再稍微往前回溯，就是指升上二年級後的一連串事情吧。

「我們並非毫髮無傷。與神崎你們班不同，這邊還少了人，也背負著光憑班級點數看不出來的負面影響。」

「不是只有你們背負著看不見的風險。倘若考慮到能看見的部分有正面影響這點，我們可是被拉開了不少差距。」

這與其說是嫉妒，不如說是神崎率直的意見吧。

「正是像你們那樣的班級，才會遲早跟坂柳班對決吧。」

讓人感到不對勁的是神崎這種好像已看開，彷彿事不關己般對自己班級的評價。

「你已經放棄升上A班這件事了嗎？」

「……也許吧。」

神崎沒有否認，而是做出偏肯定的回答。

要理解他的內心並不困難。一之瀨班絕非留下了悲慘的結果。他們個性較為認真，幾乎不會在遲到、缺席和素行問題這幾點上被扣除班級點數，加上他們也很少在特別考試中犯下嚴重的失誤，因此會大幅損失點數的風險也很低。但是換個說法，就是他們也沒什麼機會因為特別考試大幅躍進。

「還沒有任何人注意到班級正逐漸往後退的狀況。如果只是裝作沒注意到還算小事，但所有人都是真心那麼認為。」

「看來只有你不一樣啊。」

「那也是不久之前的事了。只有我一個人造反也毫無意義。」

「也就是說你放棄了嗎？」

「我們班無法升上A班。」

神崎在這時說得斬釘截鐵。

「既然可能性已經變成零，剩下就只能摸索其他方法。反正假如都要沉淪，應該多安排一些機會，盡可能讓多一點人逃離。」

「你是說存兩千萬點轉班嗎？」

「畢竟南雲學生會長都實際實行，示範效果了嘛。把個人點數集中在一之瀨身上，是我們至今也在做的事情。只要將比例增加到極限，最少也能讓兩、三個人轉到A班。而且校方也在體育祭時首次提出轉班券的存在。當然要獲得轉班券並不容易吧，但能擬定更多計畫這點是讓人純粹地感到開心的要素。」

「你特地告訴我內情的理由是什麼？很難想像你的目的是想擾亂。」

「這是為什麼呢？我也不是很懂自己的行動。」

這答覆實在不像他平常的作風。

神崎在這麼回答的同時，自己也覺得這個答覆很噁心嗎？他開始摸索理由。

「我找不到人吐苦水，或許是因為這樣吧。」

倘若是日常生活中的煩惱，無關同班與否，都能夠與親密的人共有並一起設法解決。但既然是關於班級的煩惱，必然會以在自己班上解決為目標。唯一的救贖只有放棄升上A班的轉班——要是在班上說出這種話，班級肯定會失和。

因此也不可能在一之瀨班獲得贊同。

「可以理解我說的話，又不會隨便說出去的人，能想到的只有你了。」

也就是說他認為我是最適合吐苦水的對象啊。

當然並非單純只是因為這樣吧。

感覺這其中也包含對我的怨恨，畢竟我對一之瀨造成很強烈的影響。

「不管你跟一之瀨之間發生什麼事，或是什麼關係都無所謂。即使你給她造成連偵察都無法好好辦到的負面影響，那也只是瑣碎的問題。」

「雖然你話中帶刺就是了。」

「這點程度就請你多包涵吧。我也累積了不少挫折感。」

神崎稍微舉起手，表達他要打道回府的意思。

已經放棄獲勝的班級的參謀，背影看起來比平常小了一倍。

在這時叫住他即使有些煞風景，但不能讓現在的神崎就這麼回去呢。

「你最近能抽出一點時間嗎？我想稍微跟你談談關於今後的事。」

「不能現在談嗎？我可以抽出時間來討論關於你所謂的今後。」

「抱歉，現在我想研究關於三年級生的節目。」

而且就算現在開始討論，也無法讓他有任何前進。

為了討論今後的事情，需要可以讓他跨步邁向未來的其他碎片。

「既然是這樣，哎，好吧。隨時都可以聯絡我。」

6

週末的星期五。

我為了見某個學生，來到平常不太會前往的場所。

敲門之後打開學生會室的門，於是南雲有一瞬間露出驚訝的表情。

除了南雲以外沒看到其他學生和教師的身影，看來就跟朝比奈提供的情報一樣，他今天似乎是一個人。

我會前來學生會室，對南雲來說也是出乎預料的事情吧。

是直到剛才都還在滑手機嗎？只見他左手握著手機。

我應當是個不速之客，但他沒有趕我離開，而是催促我進去。

「打擾了。」

通往室內的門「砰」地一聲關上後，陷入只有我們兩人的靜寂時間。

「因為蕎求我抽出一點時間，我才在這裡等，沒想到來訪者竟然是你。找學生會有事嗎？」

「不，我沒事要找學生會。是有話想跟南雲學生會長個人說，才會前來造訪。」

聽到我這麼說，南雲重新穩穩地坐在椅子上，並將手上拿著的手機放到桌上。

「如果是這樣，只能稱讚你還真好意思在我面前露臉呢。沒錯吧，綾小路？」

「我想會長應該是指體育祭那件事，然而身體不適是校方承認的缺席理由，是一種正當的權利吧？」

「別笑死人了。體育祭結束後的隔天，有人看到你在櫸樹購物中心很有精神的樣子。」

「因為我一天就康復了。」

「這謊言也太明顯。」

「說不定是真相喔。」

雖然只是小小的文字遊戲，南雲似乎領悟到再繼續追究下去也沒有意義。

「不管是真相還謊言，那種事已經無所謂了。總之，讓我聽聽你前來這裡的理由吧。」

他那種一臉嫌麻煩的態度是出自真心的吧。

毫不掩飾想趕快結束與我的對話然後回家的心情。

只不過，這種顯而易見的態度也是他在隱藏真心的證據。

「我可以坐下嗎？因為應該會花上一點時間。」

「你剛才說並非有事要找身為學生會長的我吧？那麼這表示我拒絕與你交談也無妨吧？」

南雲身為學生會長，即使面對不喜歡的對象，也會做好側耳傾聽的準備。

但如果不是那種狀況，他似乎不想再繼續聽下去。

哎，要說這是理所當然也沒錯啦。

「如果你不打算聽，我就告辭了。」

假如南雲個人已經連跟我對話都嫌麻煩，那也無可奈何。

不，應該不會變成那樣吧。

倘若他已對我完全不感興趣就另當別論，但在我看來，他的內心深處還殘留著火種。

換言之，他絕對不會拒絕。

正因為能如此斷言，我才會撥出寶貴的時間來到這裡。

在片刻的沉默後，南雲指示我坐下。

我搬動椅子以便能從正面與他相對，然後坐下。

「不好意思，現在沒有提供飲料喔。」

「無所謂。」

只要看到我的模樣，就知道這並非登門謝罪的態度。

站在對方的立場來看，應該只有「你現在才來做什麼？」這種感情吧。

「話說回來，我壓根兒沒想到三年A班居然會進行試營運。畢竟一般都會認為公開要推出的節目只有壞處嘛。」

「某個糊塗的班級被人揭露要推出什麼節目的消息，也傳到這裡來嘍。」

「這話聽起來還真是刺耳呢。這麼說來，聽說龍園也有來找南雲學生會長啊？」

「他要我跟他賭上數千萬，以雙方班級獲得的點數來決勝負。」

「聽說你拒絕了呢。」

「跟你的勝負也被放鴿子，我的校園生活已經全部結束，只剩下消化比賽。結果就是文化祭變成了無關緊要的東西。既然這樣，根本用不著我特地發出指示。只是讓他們去做想做的事，當作是畢業前的回憶。」

也就是說他切換立場，改成把要推出的節目全部公開，來享受彷彿不管哪所學校都能看到的普通文化祭嗎？

無論是第一名或第十二名，三年A班的地位都穩如磐石。

縱然B班以下的班級會發出不滿的聲音，這對南雲來說根本無關緊要吧。

「不過，賭上數千萬嗎？就算將全班同學的財產都集中起來，感覺也不夠呢。」

龍園班雖然有收入，但也很會花錢，他們的荷包絕對也稱不上寬裕。

「他還說會給我任意指定學生退學的權利，包括他自己在內啊。」

龍園本來打算拿學生本身來擔保不夠的部分嗎？

「如果是去年的我，說不定會答應他的提議吧。即便是與我無關的年級，若是賭上退學的勝負，應該會變得很有趣吧。」

南雲表示他已經喪失了對學校的熱情和興趣。

「假如想互相競爭，隨你們高興就行了，想做什麼都是你們的自由。」

「我明白你個人的想法了。但應該也有很多學生無法接受吧？」

「沒有人敢對我有怨言。因為要是那麼做，就沒人能保障A班的地位。我打算等快到文化祭當天時，由我——不，表面上是由學生會提出還不壞的提議。也就是稍微幫忙為了獲勝而拚命掙扎的班級。」

「原來如此，你也想了很多呢。」

「我好歹也是學生會長嘛。」

南雲做出模範回答後嘆了口氣，同時這麼催促道：

「總之，讓我聽聽你有何貴幹吧。」

「我的願望就是與南雲學生會長對話，僅此而已。」

「我不懂你這話什麼意思呢。」

「你一時之間難以置信嗎？我也對自己的行動稍微有些吃驚。畢竟至今一直在努力與南雲學生會長保持距離嘛。」

南雲本身也很清楚這件事。

不過，他應該不明白我為什麼會這麼做的根本原因吧。

「你明白這是為什麼嗎？」

「天曉得，八成不是因為害怕我的實力吧。」

「你跟前任學生會長堀北學不同，會吸引周遭人的目光。像我這種在陰影處生活的人要與你面對面，覺得有點過於耀眼——這也是理由之一。」

「原來如此，但那種理由只是表面話吧？」

我虛有其表的敬意被輕描淡寫地打發掉，南雲催促我暴露背後的真心。

「因為我不感興趣。」

如果要不加修飾，只是把真心話說出來，就只能這麼說了。
儘管認同他具備一定程度的能力，也僅此而已。
所以我一直認為無論南雲想做什麼，都沒必要有所牽扯。
「假如是被其他人講了剛才那句話，我說不定也會有些火大吧。」
「關於我的說法很失禮這點——」
「你沒必要道歉吧。有這種感覺是你的自由。畢竟也是我要你說出真心話的。」
南雲這麼說，但他立刻補充：
「只不過，就算這樣，倘若那番發言不是你說的，我應該會立刻讓對方改變想法吧。」
南雲會毫不猶豫地製造讓發言者本人即使不願意，也會陷入感興趣的狀況吧。
只要有南雲的權力和力量，這並非什麼困難的事情。
「南雲學生會長身為學生會長的任期也即將結束，會就這樣一直留在A班然後畢業——直到前幾天為止，我認為這樣就行了。」
「意思是現在的你不那麼想？」
「我的心境產生了變化。因為覺得可以直接與你面對面，才會來到這裡。」
不需要什麼牽制或只有表面工夫的客套話，還是虛偽的喜悅和憤怒。
直接把內心的想法原封不動地說出來，對今後也會有幫助。

我決定把今天來到這裡最大的目的告訴在等我開口的南雲。

「我有個提議要告訴南雲學生會長。這次能不能由我主動向學生會長提議一決勝負呢？」

南雲恐怕根本沒想到我會做出這種發言吧。

「感覺很不爽啊。這樣一點都不像你。」

心境產生了變化——南雲不會只因為這樣的解答就信服。

「雖然不曉得你那種心境的變化具體來說是什麼時候造訪的，但是太晚啦。你逃避了我在體育祭給的最後一次機會。如果借你的真心話來說，就是當時不感興趣，沒錯吧？」

「的確是呢。我也覺得這麼說很自私。」

「是啊，你說得沒錯。自己先放棄了這麼多次機會，就算你拿心境變化當理由，現在才來拜託我決勝負，我也不可能老實地答應。」

南雲維持同樣的姿勢，一直表現出毫不客氣的態度。

「剛才提到的體育祭也是，儘管你始終主張是身體不適，但我認為那也是很明顯的謊言。而且，你可別說已經忘了無人島那件事喔？」

「那麼，這次要用相反的立場來重現當時的情況嗎？」

如果南雲在這時用力揍我肚子一拳，姑且可以在行動上向他道歉。

不過他並非這麼做就能接受並跟我言歸於好的對象吧。

「如果你以為這一拳的分量相同，那還真是讓人笑不出來。我跟你的價值有天壤之別。」

當然，我的提議甚至沒有討論的餘地。至少在這所學校裡，綾小路清隆與南雲雅之間顯然就是有那般巨大的差距。一邊是二年B班的平凡學生，另一邊則是三年A班的領袖兼擔任學生會長的人物。

其中存在著就連拿來比較都不被允許的「實力差距」。

「唉，現在責怪你那件事也沒用，就暫且擱在一旁吧。但就算我有權向你提議決勝負，你也沒資格向我這麼提議，你懂吧？」

「我懂，不過這點才應該暫且擱在一旁喔。此刻我就在你眼前，主張跟你戰鬥也無妨。能不能請你就這樣接受呢？」

故意劃破指尖讓鮮血滴落，給渴望鮮血的野狼看。

然而，眼前這匹狼不會這麼輕易就上鉤。

他並非像以往那樣毫無防備地挑釁人，而是抱持著強烈的警戒心。如果是甚至不把我當敵人看的以前，他應當早就用獠牙刺破我的指尖了。雖然南雲本人大概沒察覺到，但這才是他把我當成敵人的證據。

「你真是個怪人啊。面對我毫無畏懼。不，不只是我，你對堀北學長好像也是這樣吧？」

南雲彷彿回想起堀北學還在的時候，將視線看向窗外。

他原本是希望跟學戰鬥，而非跟我吧。

雖然那個目標沒能實現，但沒有其他可替代的人也是事實。

「——假設我肯跟你決勝負，你打算怎麼做？第二學期也已經過了一半，很快就要進入第三學期。我想你應該知道，就算要競爭文化祭的營收，我也早就全權委託給班上其他人了。總不能現在才叫他們把指揮權還我吧。話雖如此，就算要等下次特別考試，也沒人能保證會是所有年級一起互相競爭的內容。」

一切聽天由命，期待還會有全年級一起進行的戰鬥到來，耐心等候——

雖然不是辦不到這種事，但這樣稱不上實際吧。

「最重要的是，跟前學生會長的糾葛，也讓你非常清楚不同年級的學生要正式地互相較量，是十分困難的事吧？」

去年的體育祭與合宿等活動時，南雲都一直拘泥於跟堀北學決勝負。

無論是怎樣的形式都行，無論是多小的比賽，他都希望能分出高下，強硬地採取行動。

但學巧妙地迴避南雲這樣的挑釁，並未與他進行牽扯到大局的對決。

「我比任何人都清楚，為了調整行程，不曉得要耗費多少苦心。不只是今年，去年也是因為你的緣故，害我跟堀北學長的對決無法實現啊。」

就這層意義來說，對南雲而言，我一直都不是討喜的存在。

「請你聽聽我接下來要說的事，然後考慮看看這場對決是否會實現。」

我這麼說完，南雲像要端正姿勢似的將背往後靠，重新坐穩在椅子上。

既然校方舉行的特別考試有許多不明的內容，就只能事先準備好幾種模式。因為無論是以怎樣的形式迎接考試，都存在可以實現對決的手段。

我將一切說明完畢後，南雲依舊保持沉默，似乎正陷入沉思。

「雖然不曉得是否能實現百分之百準備周全的對決，但我認為應該有可行性。」

「的確是這樣啊。不過，你說的計畫真的能成功實行嗎？」

「會長應該也已經能預測到狀況了。你每天都在旁觀察她對吧。既然如此，不可能沒有掌握到詳情。」

「原來如此啊。我那時是打算讓你動搖，然而你不但沒動搖，甚至反過來利用這點嗎？」

「你願意接受我的提議？還是不願意呢？」

以我來說，或許算是難得跟人談了這麼久。

不過要與南雲交涉，需要這樣的對話過程。

「要我接受也行，但……」

雖然他給出積極的回覆，這番話裡還蘊含著其他意思。

「你真正的目的是什麼？」

「純粹只是我想跟南雲學生會長一決勝負而已——難以置信嗎？」

「難以置信呢。」

南雲彷彿可以確信一般，立刻這麼回應。

我感到有些開心，還是決定刻意等南雲說出接下來的話語。

「快點說出正題吧。之後再來考慮要不要接受你的提議。」

既然他已經準備好了，我就不客氣地切入另一個正題吧。

「有個請求想拜託南雲學生會長。」

我向他說明請求的內容還有具體的發展。

聽完說明的南雲，重新坐穩在持續坐了一年的學生會長的椅子上。

「明白你想說的話了。不過，那並非希望與我決勝負才做出的提議吧。而是為了導向你希望的發展，才逼不得已提議與我決勝負，沒錯吧？」

「你說對一半，但也說錯一半。因為我本身改變了對會長的看法，才會想跟你決勝負也是我的真心話。只不過，同時也覺得這是有點麻煩的事。」

「還真老實啊。」

「正因為這樣，希望你可以答應剛才作為前提所說的話。」

「別鬧了。明明是你提出想決勝負的提議，厚臉皮也該有個程度吧。」

「我不否認。」

「你是覺得包括這點在內，我會奉陪你的遊戲嗎？」

「如果遭到拒絕，那我也只能認了。再也不會跟你對決。就算你利用我班上同學或跟我同年級的某人，或者想用人質威脅我，也會無視到底。」

「這可難說呢。如果只是隨便找個人，你大概會見死不救吧，但如果是輕井澤惠呢？」

南雲搬出惠的名字，想讓我產生動搖。

「與我無關呢。」

我毫不猶豫地立刻回答，這讓南雲的臉上失去笑容。

「像這樣說得斬釘截鐵，想讓我認為這招不管用……看來也不是這麼回事啊。」

「我並非全知全能的神。無論是惠或其他班上同學，我都不可能三百六十五天二十四小時一直保護所有人。在這所學校中握有最大的權力，且能夠控制多數學生，假如學生會長有那個意思，也可以在我監視不到的地方讓某人退學吧。」

當然也有要付出同等工夫與代價的風險，但我才不管那些。

「就算你抹消某人的存在，我也不會再做出任何行動喔。」

這並非在討價還價。

正因為是我純粹的真心話，南雲的笑容才會自然地跟著消失。

「也就是說如果想跟你對決，只能答應剛才的提議嗎？」

「你要無視提議大大方方地畢業，我當然也完全無所謂。」

「但是若不幫你一把，你會很傷腦筋不是嗎？」

「我也已經擬定其他計畫。」

沒錯，其實根本沒必要特地來找南雲提出這次的提議。

但就像我剛才說過的一半的理由。

想跟南雲對決看看的心情，正是我這次想提議跟他討論的理由。

南雲接下來的回答會決定一切。

南雲與我是否會進行對決？最終審判的瞬間到來了。

「好啊。我就當被你騙一次吧，綾小路。反正我會在A班畢業這件事穩如泰山。最後跟你玩玩來結束校園生活也不賴。」

絲毫不認為自己會敗北，甚至無法想像那種情況。

這是一路獲勝至今、自命不凡的男人壓倒性的自信。

「謝謝你。」

「不過啊，你真的可以接受吧？要按照你的提議去做，就表示——不管情況怎麼發展，周遭的人都會受到重創。」

「當然沒問題。畢竟無論如何，你都已經參與其中了。」
這番話讓南雲表現出強烈的反應。
「……你……」
我離開前的一句話，讓南雲學生會長站起身並走近這邊。
「你早就知道了嗎？」
「畢竟即使有些距離，我也一直在觀察會長嘛。早就猜到你接下來會怎麼做了。」
嘴上說已經不打算跟我對決，這個男人卻經常在針對我。
他會在還不算晚的時間點採取某些行動，這件事在我意料之中。
「也就是說不只是輕井澤，關於帆波的事情也不例外嗎？」
「就像我說過的，無論是誰都一樣喔。無論你讓惠退學、玩弄一之瀨，或是找上堀北跟其他人都一樣。最好不要認為那樣就能讓我行動比較明智。」
南雲有些不屑似的笑了一聲，但是立刻切換成認真的表情。
「我撤回剛才說是遊戲的發言。因為能夠確信你是堀北學長認同的唯一存在這件事了。」
「真是太好了。那麼，我先告辭了。」
「喂。」
「還有什麼事嗎？」

「我承認你是個徹頭徹尾的撲克臉。也知道你為了把我拖出來而進行這種強勢的交涉。所以一次就好，讓我聽聽你的真心話吧。即使我當真親自出馬讓輕井澤退學，你也會袖手旁觀嗎？」

「惠──不，無論是誰，我都不希望班上缺少任何一個同學。原本是打算盡可能抵抗的。」

「那樣根本不算是回答。你剛才的答覆是針對班上少了某個同學的問題。但我說的是對你而言輕井澤是特別的存在，我卻完全感受不到你對她可能消失這件事有任何不安。」

我轉過頭去。

一般來說，這時要回覆的答案早就決定好了。

──「我只是在虛張聲勢，不想被你察覺真正的想法罷了。」

只要做出這類發言即可。

但對於南雲這個對手，總覺得那並非最好的答案。

「如果消失就算了，就只是那樣的存在。她對我來說並沒有什麼特別的。反倒該說善後處理輕鬆許多，幫了大忙呢。」

「……你的腦袋很不正常啊。」

南雲這番低喃首次展現出他感到動搖──不，是對於無法理解之事的見解。

「我之後會再聯絡你。」

我離開學生會室，靜靜地關上大門，邁出步伐。

南雲用腦袋不正常來形容我，然而並非如此。
要讓我來說的話，因為一時衝動而判斷錯誤，才是沒搞懂何謂正常。
無論對象是他人或戀人，抑或家人也一樣。
倘若失敗而遭到淘汰，那就沒戲唱了。
應該擺在第一的是保護自己這件事。
這就是不可動搖的「解答」。

反叛的狼煙

十一月八日星期一，因為龍園他們揚言也要推出概念咖啡廳參戰，迫使我們在震驚之餘也忙著設想各種對策，但已經下定決心要奮戰的夥伴們該做的事情依舊不變。

堀北取得班上同學的同意，提出用一百萬個人點數來一對一較量的方案，回答應對龍園提議的賭注。雙方同意就算只是一點，文化祭的營收金額較多的班級可以從對手班級收到這筆點數。

不驚慌失措，而是從正面迎戰並取勝。

有許多班上同學都具備這種積極的態度，是很重要的好條件吧。

茶柱老師離開教室，一到放學後的時間，我便拿出手機。

然後發現有人回覆訊息，隨即將訊息已讀。

『能夠抽出時間。會前往指定場所。』

看來他似乎願意坦率地前來赴約。

是前幾天先搬出關於今後的前提這點奏效了嗎？

「欸，清隆，我們一起回去吧。」

「抱歉，我等一下還有事情。」

「咦，是這樣嗎？這樣呀……那麼，小麻耶，我們一起回去吧～！」

惠很快便切換心情，轉頭看向還留在教室裡的佐藤。

「我是約不到綾小路同學時的備胎？」

「好啦好啦，別這麼說嘛，好嗎？」

佐藤雖然這麼吐槽，完全沒有露出厭惡的表情，反倒是面帶笑容地接受惠的提議。然後還邀了其他幾個女生，看起來很快樂地離開教室。

那群女生中也能看到沒多久前關係還很緊繃的篠原身影。

與佐藤之間的距離縮短後，惠看起來比以前又成長了一輪。

總之以我的立場來說，如果佐藤能陪惠玩，實在很令人感激。

為了去見被我叫出來的神崎，決定離開教室，前往特別大樓。

畢竟這次的事情不能透過電話和訊息，或是在公眾面前談論嘛。

途中看到二年A班的班導真嶋老師，還有負責其他年級的老師們站在走廊上聊天。

儘管這罕見的光景奪走了我的視線，我仍沒有停下腳步。

「茶柱老師最近變了個人呢。」

經過他們身旁時，從教師的對話中聽見這樣的對話。

「該說她變圓滑了嗎？笑容好像也比以前多了。」

「真嶋老師跟茶柱老師在學生時代是同期對吧？那個，我有很多事情想問一下——」

看來話題似乎是茶柱老師。

原本覺得如果要站著閒聊，在職員室聊就好了，但如果話題是關於特定的異性老師，或許也難怪他們會挑在這邊聊吧。老師們所說的茶柱老師的變化，不用我多說，肯定是因為全場一致特別考試吧。

不只是作為班導，即使是作為教師，茶柱老師肯定也讓人感受到她破殼而出的印象。

真嶋老師注意到我的存在，暫且中斷對話。

推測應該是他判斷讓學生聽到不謹慎的發言並非上策吧。

「綾小路，你來特別大樓有什麼事嗎？」

放學後很少有學生會漫無目的地經過這條走廊，可以說是理所當然的疑問。

「我跟人約好要碰面。因為也想談些不想被不小心聽見的話題。」

聽到我這麼回答，除了真嶋老師以外的教師們露出有些尷尬的表情，決定解散，只見他們邁出步伐。

雖然我也能立刻離開現場，但離約好的碰面時間還有些餘裕。

「真嶋老師，這下正好。我有點事情想問您，不知方便嗎？」

真嶋老師直到最後還留在原地，這也算是某種緣分吧。

「問我？你想問什麼？」

「是關於文化祭中沒有寫明的規則。」

真嶋老師略微露出看似疑惑的表情，但他立刻以教師的身分從正面與我相對。

這所學校是以跟一般高中相差甚大的特殊規則而成立。

校方應當很清楚每一個學生的著眼點會有所不同。

不過如此一來，必然也會出現讓人感到在意的事情。

「雖然不知道你想問什麼，總之應該先跟班導茶柱老師確認不是嗎？」

他毫不猶豫地向我確認這個前提是否有誤。

一般來說，請自己的班導說明規則確實較為合理。

「根據時間與場合，有時請教茶柱老師以外的老師會比較方便。」

「教師這種存在應該公平地對待每個學生。但就算這樣，如果碰到同年級的其他班學生，也並非完全不會發生問題。你應該明白這點吧？」

他再次提醒我有些事情等問了才後悔就太遲了。

「我判斷真嶋老師不是那種會辜負學生期待的人。」

「既然你這麼判斷，我就不多說什麼了。」

他的態度與其說是會回應我的信賴，更像在說：「要信賴我就隨便你。」

「那麼關於沒有寫明的規則，你想問的事情是什麼？」

我向允許提問的真嶋老師商量關於特殊狀況的問題。

即使聽到我的問題，他看來也絲毫不覺得吃驚，這是理所當然的吧。

為了實現學生的各種希望，校方也準備了沒有寫明的幕後規則。

所以對於有像我這種想法的學生，真嶋老師並不會感到奇怪。

「的確就跟你想的一樣。依照需要去運用那些規則並非不可能。」

「果然是這樣沒錯呢。」

這絕非什麼異想天開的事情。

根據班級置身的狀況，或者碰上大麻煩的時候，就會出現需要這些規則的案例。

「不過，要說那樣是否有效率，我感到存疑就是了。我想你應該明白，如果是在學生之間，那不會有任何問題。不，正確來說是學生們會自己商量好，以免產生問題。你明白我這番話的意思吧？」

「嗯。我想那大概是用不著寫明在規則裡，且是獨立可行的事。」

「沒錯。當然各自存在著不同的風險吧，但你為何會考慮到這個選項？」

「先做好準備以防萬一，是理所當然的事情吧？」

我這麼回應，於是真嶋老師在陷入沉思的同時點了點頭。

「先不提是否要運用——嗎？說得也是，先理解這件事確實不吃虧吧。」

雖然真嶋老師沒說出口，但他隱約看見了從中衍生到營收的路線吧。

「能夠確認清楚真是太好了。謝謝老師。」

「無所謂。」

這麼一來，在迎接文化祭前需要先確認的事項就少了一件，算是意料之外的收穫吧。

我點頭致意後準備離開時，卻被真嶋老師叫住。

「綾小路，我想你應該稍微聽見了關於茶柱老師的話題……在全場一致特別考試時發生了什麼嗎？」

「您沒聽茶柱老師提起嗎？」

真嶋老師當然也知道結果，然而關於茶柱老師的心境變化，他似乎有無法理解的部分。

「無關是否有退學者，她變得能夠積極向前，面帶笑容了。也就是說在那場特別考試中發生了可以改變她心境的強烈事件，沒錯吧？」

記得真嶋老師跟茶柱老師原本都是畢業於高度育成高級中學，且是同年級。

他很清楚過去發生的各種事情，也難免會感到驚訝。

「這種事不該問學生呢。忘了我剛才說的話吧。」

「我知道了。先告辭了。」

我向真嶋老師稍微點頭致意後，前往約好要碰面的特別大樓。

1

文化祭正慢慢逼近，但現在還發生了必須同時處理的問題——就是要改變一之瀨班。

邁向崩壞的倒數計時比預測中進行得更快。

為了避免那種狀況，必須實行必要的措施。

這次我不會與身為領袖的一之瀨接觸。

我認為現在需要做的，是給她底下的同班同學們帶來變化。

不過，這個措施必須謹慎進行。

擁有足以扛下這個任務實力的人，當然只有那個男人吧。

「把你叫到這種地方來，真是抱歉啊。」

放學後，我依照收到的訊息前往指定的場所，只見神崎早已在那裡等著了。

他的表情十分嚴肅，可以確定這種氛圍不是要談什麼開心愉快的話題。

「找我有什麼事嗎？」

我跟神崎雖然不同班，但剛入學不久就認識了。話雖如此，關係也沒有特別親近。他最近還對我的存在抱持不信任感，真要說的話，我覺得他應該討厭我。不過未必會因為討厭對方，就不肯赴約呢。

即使正因為討厭對方、在提防對方才會有想說的事情，也沒什麼好奇怪。更何況是不想被人撞見的會面，感覺那種可能性很高。

「是時候討論關於今後的事情了。」

「今後？這話究竟是……算了，先不提這些。先讓我說幾句話吧。」

在我說明來意前，神崎端正姿勢。

儘管神崎意料之外的先發制人讓我有些驚訝，我仍決定先聽他怎麼說。

「我最近一直在煩惱。沒有跟任何人商量，只是一個人在煩惱。」

化為言語後，他自己訂正這麼說不對，重新改口說道：

「不，說是煩惱有些誇張，但我每天都在思考自己的行為舉止。」

這番話蘊含著不像平常冷靜沉著的神崎會有的感情。

我決定在對方要求我回答之前，貫徹聽眾的立場。

「自己該在今後的校園生活中尋求什麼目標才好呢……我是這麼想的。」

他並非因為在人際關係或異性問題上受挫，而感到苦惱吧。

這所學校的學生們最應該在意的重點只有一個，就是如何升上A班。

「雖然事到如今也用不著跟你說這些，但我們班贏不了。」

他是指贏不了什麼呢？

是指文化祭，還是更後面的期末特別考試呢？

不，不會是那種小事。

而是僅憑一之瀨班無法升上A班的現實。

這是察覺到這件事的神崎發出的哀號。

「無論是學力、運動或統率力，我們都絕非大幅落後其他班級。我反倒覺得我們也具備比其他班優秀的部分。但是，我明白了那未必能帶領我們走向勝利。」

自己思考然後理解到這件事，接著開始煩惱。跟我想像的一樣，成為開端的是神崎。

「我明白你想說的話了。那麼神崎，你希望我做些什麼？」

如果只是側耳傾聽，表現出能夠理解的態度，這是無論誰都能辦到的事。

「希望你……給我一些關於一之瀨的建議。」

非得是我不可的理由。

很快就出現少數感覺能成為我們共通話題的人物名字。

「不，不只這樣。關於我們班今後該怎麼做才好這件事，也希望能讓我聽聽你的意見。」
「還真是荒謬啊。而且你竟然問連同班同學都不是的我？」
「……的確呢。」
只要看到神崎似乎很痛苦的表情，就能輕易解析他的心理。
這個男人不是那種會輕易向人求助的類型。
正因為被逼到這種地步，神崎才只能選擇這個手段。
不，一開始就連考慮求助的餘地都沒有。
應該也存在他一直獨自背負這個煩惱的未來吧。
「那傢伙不會認真傾聽我的意見。不，就算是我以外的人也一樣。」
「我以為一之瀨是個會傾聽任何人說話的學生耶。」
「那僅限於和一之瀨朝同一個方向前進的時候，事到如今用不著特地說明吧。」
我刻意說了像在試探他的話，但已經不需要這麼做了啊。
說得簡單好懂一點，倘若向一之瀨提出請求，希望她幫忙拯救某人，她會不顧風險也不會背叛，一路幫忙到最後。相反地若是拜託她毫無意義地幫忙陷害某人，一之瀨絕對不會協助。
導正邪惡並達成正義——也能用這樣的話語形容她這個人。
縱使給一之瀨金錢等物品當作回報，都不可能顛覆這個根本吧。

「我不會說那傢伙前進的方向是錯的，但理想論終歸是理想論。」

「需要那種理想論的場面也不少。」

「是啊。進行得很順利的時候，就算會辛苦一點，我也有奉陪到底的覺悟。」

實際上，神崎他們班的同學一直服從一之瀨到現在，與她同甘共苦。

「但現在又如何？大家一直服從一之瀨的方針，失去了班級點數。目前已淪落到最後一名，甚至抓不到可以逃脫的線索。」

「你說得還真是露骨呢。這樣好嗎？讓我聽到這麼多你們班的內情。」

「是很愚蠢的策略啊。」

神崎像是忍不住笑出來一般，宛如在發洩似的低喃。

「即便愚蠢，策略就是策略，現在只有拜託你這個辦法。」

神崎將彷彿已經死心的視線從我身上移開，注視著空蕩蕩的走廊地板。

「我在全場一致特別考試時主張就算要讓同班同學退學，也應該把握機會獲得班級點數。我投下贊成票試圖掙扎，但也是以失敗告終。」

雖然對他們班的內情一無所知，即使如此，仍不難想像那幅光景。

神崎為了讓班級奮發向上並理解現實，贊成選出退學者。然後他嘗試一直投贊成票來改變班上的意識，但是一之瀨和其他同班的夥伴，沒有任何一人贊成神崎的意見。話雖如此，他們也沒有糾纏不休地責備引發叛亂的神崎，而是勸導他一起加油。就算我沒有說中，應當也發生過類似的事情。

「……聽起來很可笑吧。」

我沒有回答，於是神崎像要打破沉默似的低語：

「不管是敵人或同伴，告訴別人這種事又有什麼用呢？」

神崎擅自理解成自己不可能獲得什麼建議。

他看來像是到了現在才想輕蔑自己做出十分瘋狂的行動。

「一之瀨傾心於你。如果要找個唯一能改變一之瀨方針的人，就只有那種特異的存在。她變得只能像這樣筆直地去看待事物。」

「原來如此啊。」

為了拯救班級，必須改變一之瀨這個領袖的想法與價值觀。

因為班級整體的能力無可挑剔，所以這麼做確實能看見一絲曙光。

「看來你想改變趨勢，擺脫這種停滯狀況的心情是貨真價實的啊。」

因為事到如今也沒必要掩飾，神崎深深點了點頭。

不過，必須仔細思考那樣是否真的對班級有幫助。

感受到焦躁的神崎看不見的事物。

透過改變一之瀨來拯救班級的未來想像圖只是假象一事。

假設一之瀨因為我的一句話而改變，那樣真的能稱之為成長嗎？

就算變成有時會做出無情決定的一之瀨，那樣就能迅速追上其他班級嗎？

為了消除缺點，同時也消除堪稱是獨一無二的優點。

一旦轉往那個方向前進，沒人可以保證還能回頭。

「我同意有必要改變趨勢，但難以贊同你的方法呢。」

「除此之外別無選擇，能讓一之瀨行動的只有你而已。」

「這可難說，總覺得還有更適合的人選。」

「我無法想像啊。」

站在毫無頭緒的神崎的立場來看，我這番話會讓人忍不住皺起眉頭吧。

「其實今天在聯絡你之後，我還找了一個學生來這裡。」

「是誰？」

「是你也很熟的同班同學之一。」

「你該不會找了一之瀨？」

就某種意義來說，她是讓人最不希望出現在這裡的人物吧。

「不巧的是並非一之瀨。是隱藏著能夠改變趨勢的可能性的學生。」

「這麼說很像在潑冷水，但不巧的是我們班上能夠對一之瀨提出異議的學生，除了我之外沒有別人。這是親身體驗後理解到的事。」

「神崎，你這樣才是視野太狹隘了吧。」

「什麼？」

「即使一之瀨班看起來很團結，但並非在真正的意義上一條心。在東拼西湊當中，也存在著不少因為被周圍影響才不得已湊在一起的學生。」

我這麼回答，然而神崎似乎無法領會。

這也難怪呢。

那樣的學生不會讓自己的同班同學輕易看見讓人感到不安的模樣。

「為什麼一之瀨班的排名會往下掉，如今面臨巨大的危機呢？」

要是沿著錯誤一直前進，最終會抵達哪裡呢？

有必要讓神崎他們知道這件事。

「奇怪？為什麼神崎同學也在呀？」

姬野以為這裡只有我，看起來有些不知所措的樣子。

雖然比約定的時間早一點，她出現的時機反倒正好。

「姬野？妳跟綾小路接觸過嗎？」

「算是啦。」

畢竟可以說是在學校不曾交流的對象嘛。

不只是神崎，應當大部分學生都會抱持同樣的感想。

「我實在很難相信姬野就是你說的適合人選。」

大概能想像到目前為止的校園生活中，神崎對姬野抱持著什麼印象。對他來說姬野只是女生中的一人，跟其他同班同學沒兩樣吧。

「我接下來會證明這件事。」

「等一下啦。你們好像在講關於我的事情，到底怎麼回事？」

站在被找來這裡的姬野的立場來看，難免會感到困惑。

「這是……不，等等。」

我正準備說明時，神崎察覺到某個矛盾之處。

「綾小路，這是怎麼回事？」

「什麼意思？」

「你把我叫出來，究竟是打算說什麼？你好像事先就找了姬野過來這裡，這樣簡直像是打從一開始——」

神崎閉上張到一半的嘴巴，輪流注視著姬野跟我。

「什麼什麼，怎麼回事？」

「你早就預料到我今天會找你商量關於我們班的事情……你本身認為應該給我們班帶來變革嗎？不，我無法理解你這麼想還有這麼做的意義……」

我把神崎叫來這裡，然後他在我開口之前便道出他們班的內情。

姬野在這個時機現身，而且可以了解話題發展這件事本身就很不自然。

「你、你究竟看透到什麼地步……」

因為神崎先開啟話題，而以意外的形式得知了我的計算。

結果這似乎帶來了足以讓神崎大吃一驚的效果。

「我們進入正題吧。我來說明今天會找神崎出來的理由。沒有必要透過我讓一之瀨改變。有必要改變的是班級的觀念。只要班級的觀念改變，就能給一之瀨帶來變化。」

「……那是白費工夫，我到目前為止已經親身體驗到這點。」

「若只有一個人，的確是那樣吧。但如果有兩個人？有三個人的話？倘若除了一之瀨的所有人都改變觀念，全場一致特別考試的結果應當也會產生變化。」

「所有人都改變觀念這種事，是不切實際的幻想啊。而且就算改變了，特別考試的結果會產生變化嗎？一之瀨直到最後都不會承認退學者的存在吧。」

「的確很難想像總是在為班級著想的一之瀨會贊成選出退學者，但這跟特別考試是否會以失敗告終並受到懲罰是兩回事。」
「先等一下。就算要受到嚴重的懲罰，一之瀨同學也會保護同班同學喲。」
一直近乎旁觀者的姬野在這時插嘴。
「在三十九人都反對的情況下，一之瀨當真能堅持到最後嗎？」
「如果是一之瀨同學，一定會堅持到最後。神崎同學，沒錯吧？」
「我也這麼認為，但……這樣確實會產生矛盾。」
一之瀨會為了同班同學帶頭奮戰。
但假如所有同學都反抗她，究竟會怎麼樣呢？
這跟即使被迫認知到自己做錯了，是否也能堅持投反對票到最後是兩回事。
就算一之瀨能貫徹到底，之後等著她的是她本身所抱持的自我厭惡。
只會留下自己害全班損失許多班級點數這個事實。
「陷入自責的一之瀨能否就那樣以領袖的身分完成自己的職責，又是另外一回事吧。」
「那種狀況是比現在更糟糕的結局吧。」
「沒錯，一之瀨不會期望那種發展。那麼神崎，你覺得實際上會有什麼結果呢？」
「你是說假設所有班上同學都跟我一樣，抱持著接受出現退學者這件事的想法嗎？」
儘管理解到這有些不切實際，還是設想那種情況來模擬情境。

「倘若有三十九人抱著拖到時間到的覺悟一直投下贊成票，一之瀨遲早會主動讓步，改投贊成票。然後會誘導其他人讓自己退學……吧。」

他很流利地這麼回答了。

讓一之瀨退學，成功獲得班級點數的班級。

而且還能同時切割一之瀨這個善良的束縛。

「那不可能啦。萬一變成那種發展，也是壞處比較多呀。」

一之瀨脫離一之瀨班。

這應該是以前根本不曾想像過的發展吧，但對神崎而言，這是一種解脫。

「當然嘍，我並不是想叫你們讓一之瀨退學。只不過班上同學改變，班級就會跟著改變。我認為應該改變班級的觀念，而非改變一之瀨。然後要跨出第一步的人就是神崎還有姬野你們。」

「我、我嗎？」

「妳並非全面贊同一之瀨所做的事情。跟那些盲目相信一之瀨的班上同學不同，妳跟神崎一樣能夠感覺到疑問，沒錯吧？」

「這——」

「神崎在全場一致特別考試中表現出反抗態度時，妳有什麼想法？」

「…………」

姬野陷入沉默並低下頭。

「讓我聽聽吧。我也開始想知道妳的想法了。」

「我覺得他不可能成功。我們班不會輕易改變。因為我們總是在說些比起自己受傷，更不想看到別人受傷的漂亮話。」

姬野開始慢慢說出自己感受到的想法。

「我覺得神崎同學的反抗只是在浪費時間。希望這種痛苦的時間快點結束，所以我說了……希望他適可而止。」

彷彿回想起當時的事情，神崎暫且閉上雙眼，微微點了點頭。

「你是聽到姬野這麼說，才認為她跟其他同學一樣吧？姬野是覺得不要違抗一之瀨、不可能有拋棄夥伴這種選項，才會做出那番發言──你應當是這麼解釋的。」

神崎沒有否認，深深地點了一下頭。

「但實際上並非如此，姬野本身對班級的現狀抱持著疑問。」

「那麼為何不把那種想法說出來？就算不挑全場一致特別考試那時，應該也有好幾次機會可以盡情發言才對。」

神崎開始講起不曉得他們班實際情況的我無法插嘴的話題。

這種話題本來不應該在這裡談論。

因為讓我這個局外人聽見這些事，一般來說也沒有任何好處。

然而，現在那種現象卻逆轉了。

正因為有我在、正因為在這裡，才能夠讓姬野做出承諾。

換言之，倘若現在錯過這個機會，又會倒退回沒有任何變化的一之瀨班的日常。

「唉……」

姬野的雙眼不像神崎那樣表現出各式各樣的感情色彩。

「你別講得那麼簡單啦。」

彷彿吐露出來的嘆息，姬野像要逃避似的移開視線。

「就算我不回答，你也明白吧。我們班只有龐大的同儕壓力。即使我覺得是白色，只要多數人說是黑色，就會變成黑色。是否正確根本沒有關係。明明是這樣的班級，少數派的發言怎麼可能有意義。自己覺得是白色的東西，在被人說服而改口說是黑色之前會一直遭到圍攻，特地讓自己陷入那種狀況也只有痛苦而已。所以我至今一直什麼也沒說，今後也不打算說什麼。」

「但妳不說出來，白色就永遠是黑色。」

「那樣就行啦。我會接受別人擅自下結論說是黑色的主張。因為就算這樣，在我內心認為的顏色也依舊是白色。」

姬野的態度毫無霸氣，宛如在表現這就是他們班目前真正的模樣。

「神崎同學也是在強硬主張之後，感到挫折了對吧？那是因為你明明相信是白色，卻被其他人硬是改寫成黑色的關係。那樣真的很讓人受不了呢。」

為了避免白費工夫，姬野主動選擇隨波逐流。

不，不只是姬野會這麼做吧。

感覺這也能套用在一之瀨班的其他學生身上。

「希望你別把我當成夥伴。不好意思，我沒辦法變得像神崎同學一樣熱血。」

姬野像是要遠離逼近自己的神崎一般，往後退了一步。

「班級維持目前這樣真的好嗎？」

神崎一開始斷定姬野跟其他同班同學沒兩樣。

但回過神時，他已經不再透過我，而是自己拚命地想讓姬野與他對話。

「在說好或不好之前，對我而言更重要的是保護自己這件事。沒辦法跟任何人成為摯友，但是也不會跟任何人鬧翻。有時會接到邀約，也有沒人找的時候。我不想破壞這樣的距離感與氛圍。」

如果可以避免紛爭，那就是最好的做法——姬野這樣的主張也並非壞事。

可是那樣的話無論經過多久，班級都無法向前邁進。

「假如神崎同學的主張在班上有超過一半的人支持，我也會站在你那邊，這樣就行了吧？」

姬野斷言無論發生什麼事，她都不打算站在少數派那邊。

「咕……！」

從這番話中可以感受到她的真心話與不情願。

倘若與神崎一起造反，等著姬野的是多數派名為懷柔的攻擊。

直到姬野捨棄自己的想法為止，多數派都會不斷重複那種懷柔攻擊吧。

「我可以走了嗎？我不會把這件事告訴任何人。畢竟說出去也只是自己會傷腦筋嘛。」

對於打算離開現場的姬野，神崎會怎麼做呢？

倘若就這樣目送她離開，結果他們班還是不會產生任何變革。

「……先等一下。」

「我不想等耶。」

「原本不打算告訴任何人，但是我自己正準備進行一個重大的決定。」

「什麼意思呀？」

「我並不打算一直陪著一之瀨和現在的班級一起沉淪。」

神崎將他至今從未說出來的想法化為言語，告訴姬野。

「也就是說……你要背叛班級？」

「我不否認，因為一直待在贏不了的班級也毫無意義。」

假如神崎離開，肯定不會升起反叛的狼煙。

因為在目前的環境下，能夠走在一之瀨班前頭的學生，恐怕只有神崎而已。

「我並不是想威脅妳，但還是先告訴妳這件事。」

就算神崎用某些方法離開一之瀨班，對姬野個人而言也沒有影響。

不過她也明白那樣班級就會失去浮出水面的契機吧。

姬野為之動搖，明顯地表現出與之前裝酷的態度截然不同的反應。

「姬野，那樣就行了吧？」

「你太狡猾了吧。那樣根本是威脅嘛……」

「也可以那麼解釋呢。」

姬野有可能會告訴一之瀨他們，神崎出現背叛的預兆。

姑且不論一之瀨，其他班上同學可能會設法限制神崎的行動，避免讓他拿到轉班的權利，揭露這件事只有風險而已。

這是神崎的賭注。無論他是說真的抑或只是在虛張聲勢，都沒有關係。

「——你是認真地打算改變我們班？」

「或許不能說是值得高興的事，但綾小路說的話是正確的。我想相信靠我們親手改變一之瀨這件事，會開拓出拯救我們班的道路。」

「但是我……」

姬野緊緊咬住下唇，用力閉上眼睛。

要是站在孤立無援的神崎這邊，姬野便無法避免被人白眼看待。

神崎也很清楚那並非姬野期望的事情。

儘管如此，還是必須有人去做。

「……我也……如果能贏，當然想贏呀。」

神崎率先表示自己有可能會消失，讓姬野打開內側的鎖。

她並沒有完全捨棄讓班級產生變化並獲勝的可能性。

只不過，目前還只是解鎖而已。

「既然這樣，只能現在立刻採取行動，不對嗎？」

如果姬野這時也不肯行動，神崎就真的束手無策了吧。

縱然不想那麼選擇，也只能轉換方針，將目標改成藉由轉班來獲得勝利。

另一方面，倘若不是多數派，就無法主張黑色是黑色的姬野便確定會敗北。

「我明白你想說的話了……但是還——」

「妳應該不會是想說我們還有可能靠一之瀨的方針獲勝吧。」

神崎搶先說出來的這句話，深深地刺入姬野的心。

她沒有將說到一半的話繼續說下去，只是緊緊地閉上雙唇。

「妳不想在A班畢業嗎？」

這句話宛如矛一般刺進姬野內心。那是伴隨流血的沉痛傷口。

「如果能在A班畢業，我當然也想那麼做啊！」

彷彿要撕破喉嚨的吶喊響徹走廊。

姬野這應該比預料中還要大上好幾倍的音量，讓神崎震驚到說不出話來。

「但是照目前這樣下去，不管怎麼想都辦不到！辦不到啦！」

姬野讓感情爆發出來，如此吶喊：

「神崎同學你也知道吧！」

「我知道！就是因為知道，才只能現在立刻採取行動啊！我不想輸給其他班級！」

雖然音量遠遠不及姬野，這次換姬野被難以想像是神崎發出的高分貝音量嚇到。看到姬野有些滑稽地不知所措、感到畏懼的模樣，我更加確信了一些事。

姬野首次展現出自己真實的一面，還有神崎孩子氣的一面，以及一之瀨班應該有不少學生都只有表面上的交情。

經過一年半的時間，堀北班有許多人都暴露出自己的弱點。

以模範生的自己為優先，毫不在乎其他人退學的人。

不會念書和與人溝通，立刻使用暴力逃避現實的人。
為了在階級制度中往上爬，寄生權勢的人。
為了消除自己的過去，企圖讓夥伴退學的人。
這些內心具備弱點的學生們墮落到谷底，然後再爬上來。現在有一部分的人甚至還展現出令人難以置信的成長。
「……原來神崎同學是這種感覺的人呀。因為你平常總是很冷靜，我嚇了一跳。」
「……我也一樣，之前都不曉得姬野原來抱持那樣的想法。」
一之瀨班應該沒有碰到像堀北班那種簡單易懂的苦難吧。
看到有人因為跌倒擦傷，就會熱情地幫忙看護，然後從兩旁扶持守護受傷的人，以免他再次跌倒。如果有學生手受傷，就換其他人輪流幫忙照護。
沒多久後學生們便會理解到一件事——因為其他人會擔心，必須多加小心才行。
為什麼會跌倒？為什麼會弄傷手？
其實明明有更痛的地方，但為了不讓人擔心，只好保持沉默，獨自背負傷口。
像這樣逐漸構築而成的，就是只有表面交情的一之瀨班。
「你們在真正意義上成為夥伴的時候到了。」
一直保持沉默的我對兩人這麼說道。

「不過，我們該怎麼做才好？該怎麼做才能向前邁進？即使姬野是能夠改變觀念的人，倘若無法連接到下一個人，就毫無意義。」

「沒有必要急著知道答案。你們要從現在開始兩人一起試著尋找。」

「尋找……找什麼？」

「就是跟你們一樣，將真心話藏在內心的學生。」

即使一個人找不到，倘若兩個人一起商量，視野就能拓展好幾倍。

多了另一個人的觀點後，應該會有許多新發現吧。

「假如……找到了一個人……？」

「很簡單，接著就是三個人一起尋找，然後讓夥伴變成四個人。只需重複這樣的行動。」

最終，小小的火種會開始轉變成巨大的火焰。

然後一之瀨也會明白。

明白班級準備改變這件事。

「現在還不遲。你們要變強，然後在期末考試打倒堀北率領的班級給大家看吧。」

倘若能辦到這件事，升上三年級時他們應當還殘留一絲在A班畢業的希望。

「……要怎麼做，神崎同學？」

「有必要做好比想像中更費力的覺悟。不過……並非辦不到。」

既然看見姬野這個真實例子，就算撕破嘴，也不能再說班上不存在這種人。

另一方面，姬野應當也在近距離確認到神崎堅定的意志了。

「我們希望在A班畢業的想法是一樣的。雖然目前為止還無法對任何人說出口……」

無論是怎樣的過程，姬野的想法都傳遞給神崎了。

「是、是啊，我們的目標跟當初一樣，沒有任何改變啊。」

兩人接下來會踏出彷彿幼童般的一步。

「那個呀……聽到綾小路同學說的話後，我想到有個人讓我有點在意。在這之後如果方便，要不要試著見那個人？」

姬野的提議讓神崎用力地點了點頭。

接下來的發展不是身為第三者的我可以介入的領域。

「綾小路，這筆債我會在期末考試時還你。」

意思是他們會在期末考試獲勝，然後獲得升上A班的挑戰權，就是在回報今天的恩情嗎？

「神崎，堀北班很棘手喔。」

「是啊……抱歉，我要走了。因為不想再浪費一分一秒了。」

姬野也點點頭，然後拿出手機，跟神崎一起背對我邁出步伐。

雖然也擔心過那兩人不知能有多大的改變，看來他們說不定會發揮比想像中更大的成果。

或許他們真的會在期末考試打敗堀北班也說不定。

無論事情如何發展都不影響我的計畫，但這下多了一個樂趣呢。

一封情書

十一月九日星期二。早上要前往學校時，我在電梯裡遇到堀北。

我們簡單地打了聲招呼後便離開大廳，就這樣兩人一起走到宿舍外面。

「你聽說了嗎？全體三年級生會在文化祭前一天進行像是文化祭當天一樣的預演。」

「有啊。他們似乎還號召一、二年級一起參加呢。」

這是昨天晚上為了通知所有年級的學生，出現在學校留言板上的情報。

情報來源是學生會——也就是南雲的判斷。這就是上星期南雲本身曾說過的學生會將提出還不壞的提議內容吧。

參加方式不限。可以實際提供食物，也可以只是單純的模擬練習。

這終歸是號召大家為了明天的文化祭一起進行調整的提議。

「已經有許多班級向學生會表明要參加了。一直隱藏到現在的班級也想在正式開幕前聽聽第三者的評價吧。」

「也就是說多數班級把這當成善意的提議嗎？」

「三年A班租借體育館並公開他們要推出的節目這件事，有著很大的影響吧。」

毫不隱瞞地告知眾人他們要推出的節目，而且實際表演給大家看。

還有他們從這個過程中發現要改善的地方並汲取經驗的模樣，也成了全校學生們眾所皆知的事實。這次的文化祭不只是一場勝負，身為學生也想讓活動順利成功、想好好享受活動——應該有一定數量的學生抱持著這樣的想法吧。

「學生會決定幫忙出消耗品類的材料費這點，也推了大家一把吧。」

即使要進行預演，也得花上一筆錢。

雖然可以領到一筆文化祭用的經費，不過要參加預演就需要另外安排預算，財源當然是從個人的個人點數中籌措。

倘若是要自掏腰包的預演，即使有些班級選擇不參加也不奇怪，但這部分該說不愧是學生會嗎？既然學生會願意幫忙出錢，對學生而言是正中下懷，幾乎沒有理由拒絕。學生會也已經告知只要帶收據去請款，就會從學生會預算中核銷。

當然有限制，各班都均等地安排了幾萬點的額度。

「我們也預計參加預演，沒問題吧？」

「當然了。我們會推出女僕咖啡廳一事已傳遍全校，參加預演不會吃虧。」

「也是呢。畢竟還有龍園同學他們那件事。」

堀北用意味深長的視線看向我，我輕輕點頭回答：

「我們就來見識一下他們的本領吧。」

畢竟這也是確認龍園會推出什麼節目，還有其中細節的絕佳機會。

「你不覺得會輸？」

「這很難說。」

「你看起來挺有自信喲。」

「我並非有自信，只是已經做了所有能做的事情。」

「這麼說也沒錯。就算這樣，一般還是會感到不安不是嗎？」

看來堀北似乎是擔憂儘管做好萬全準備，還是有可能落敗這件事。

「我說不定變得很害怕落敗。」

即使敗北，也不會損失任何班級點數。

但假如不能獲得班級點數，便和敗北沒兩樣。

在我們氣勢如虹，甚至逼近A班的這種狀況，理所當然不想停滯在原地。

「如果是去年的妳，說不定不會抱持這種不安呢。」

「那純粹是我太魯莽……不，只是我的視野太狹隘，看不見周遭罷了。」

現在的堀北開始慢慢地拓展視野。

正因如此，才會忍不住思考落敗這件事。

「身為班級領袖，先設想好獲勝的狀況和落敗的狀況並不是壞事。畢竟我只是一顆棋子嘛。只會講些不負責任的話。」

唉，無法把這些發言輕易地當耳邊風是堀北的缺點，同時也是優點。

如果是坂柳或龍園會當耳邊風；如果是一之瀨會彷彿要強烈依靠似的接受。

堀北則是兼具這兩邊的特質。

「我以為自己心裡明白……但還是很難看開。」

對於這麼自嘲的堀北，我用手心「砰」地一聲拍了一下她的背。

「等等，你做什麼呀？」

「要習慣獲勝還太早了。」

「嗚……」

雖然她露出好像有點生氣的表情，但也察覺到被我說中了吧。

「也是呢。明明不是我本身很強大而有什麼成就的結果，那種想法太傲慢了。」

不管是無人島或全場一致，都不是只靠正當的實力獲勝。

「……我說你呀……」

「怎樣？」

「我打算只有你的發言不要太當真，但你最近也有異常積極協助的時候，所以更加棘手呢。腦袋裡不曉得該如何處理才好，很傷腦筋喲。」

「既然這樣，就拜託妳朝我今後完全不會協助的方向努力吧。」

正當我準備快步離開現場時，堀北抓住了我的肩膀。

「這我不能受理。」

雖然嘗試逃脫，但立刻遭到逮捕並被帶回原地。

「我想在上學前去一下便利商店，你也一起來如何？」

「便利商店？」

「一方面也是為了針對文化祭前一天做準備，今天想善用午休時間。」

「我是無所謂啦。」

就算繞去便利商店幾分鐘，也不會出什麼問題。

我跟著堀北前往便利商店，準備進入店裡。

於是碰到了正好要結帳的高圓寺。

他只買了兩樣商品，一瓶豆乳和雞柳沙拉。

以午餐來說感覺分量挺少的，莫非他是打算在早上的下課時間吃嗎？

因為平常幾乎沒看過高圓寺用餐的景象，所以他的私人時間充滿謎團。

「早呀，高圓寺同學。」

雖然堀北向他打招呼，結完帳的高圓寺只是輕輕露出微笑，並未開口與堀北交談。

「聽說文化祭也只有高圓寺沒有分配到任何工作？」

「畢竟他說了什麼也不會做，我想他八成不會改變主意。」

堀北似乎也沒有特別放在心上，她選了感覺能迅速吃完的食物，前往櫃台結帳。

她婉拒店員準備提供的袋子，將東西收到書包裡面。

「你不用買些什麼嗎？」

「我沒什麼非買不可的東西，而且也沒有充裕的個人點數呢。」

即使在十一月後荷包算是比較寬裕，但預計很快又得支出一筆錢。

「你應該不用再供奉櫛田同學了吧？」

「畢竟她也沒有特別向我要錢。」

「如果她開口要，你會付錢嗎？」

「妳覺得她會跟我要錢嗎？」

對於堀北的挖苦，我原封不動地奉還，於是堀北低喃了一句：「應該不會吧。」

「不，如果她會就傷腦筋了。那樣我就得再次為了她的事情苦惱。」

無論是怎樣扭曲的形狀，櫛田都表現出相當大的變化。

而且她正在朝成長的方向前進——我們必須這麼相信才行。

1

當天放學後。只見市橋表現出有些猶豫的態度，走近坐在教室前方的堀北。

「那個，堀北同學……可以打擾一下嗎？」

平常跟堀北沒有明顯共通點的她，很少主動向堀北搭話。

應該是和即將正式開幕的文化祭相關的事情……一般都會這麼想吧。

不過她手上拿的東西暗示著並非這麼回事。

「有什麼事呢？」

「其實是有點事情想拜託妳。今天在這之後有學生會的工作對吧？」

「對，不久前也告訴過班上的大家，我還有學生會的工作。如果是跟文化祭有關的事，沒辦法幫忙喲。」

「嗯，呃……我不是那個意思。這個……可以拜託妳嗎？」

如此說道的她遞出來的東西是一封信。

可以瞄到一張愛心貼紙封住信封。

「這是?」

「是情書……」

「……咦?」

堀北瞬間無法理解意思，露出困惑的表情，這也難怪吧。

儘管是在多樣性受到認同的時代，碰到女生寫給女生的情書，也難免會在其他意義上比收到異性的情書更加動搖。

「啊，別誤會喲?這不是我要給堀北同學的情書喲?其實是……有某個朋友拜託我把這個交給南雲學生會長。」

「給學生會長?但這應該由寫信者直接交給他吧?」

如果要對意中人告白，最好的方式當然是面對面告白。

「她說她會緊張到不敢把情書給學生會長，所以拜託我轉交。應該說我也沒那個勇氣親手交給學生會長嗎……畢竟我也不是當事人嘛。」

比方說與前學生會長堀北學相比，南雲算比較善於交際的人。但就算這樣，他也還是學長，而且是代表這所學校的學生。沒有共通點的人想向他搭話，門檻實在相當高。

另一方面，堀北就不同了。可以輕易想像到她每天跟南雲討論學生會工作的光景。

「我能夠理解狀況了，但……」

「求求妳。那孩子已經煩惱很久了……她好像好不容易才鼓起勇氣。」

如果是沒多久前的堀北，說不定已經拒絕了這個請求。

但是現在跟同班同學建立好關係也很重要。

為了挽回在全場一致特別考試中失去的信任，這也是無法避免的道路。

「……好吧。我會設法找機會交給他，這樣可以嗎？」

「啊，嗯。」

雖然市橋這麼回答，但她露出有些吞吞吐吐的模樣。

「還有什麼問題嗎？」

「呃，那個，其實這封情書也有一點問題。」

接過信的堀北發現信封正反面都沒有寫名字。

也就是說不看裡面的信，就不知道寄信人是誰。

「我可以當作裡面有寫寄信人是誰嗎？」

「不知道耶……一般來說應該會註明……但是如果她覺得只要能傳達出心意就滿足，說不定沒寫名字。」

換言之，幫忙轉交的人跟收到信的人，都不會知道這封情書是誰寫的。

「這樣我的立場有一點尷尬呢……當然轉交時我會說明一下，但一個不小心，可能會被人誤以為這是我寫的信。」

嘴巴說是別人託自己轉交，其實是堀北寫的信——

無法斷言南雲絕對不會這麼解釋。

「那、那能不能拜託其他人？像是學生會裡認識的男生之類的……不行嗎？希望妳可以想辦法在今天交給他。」

「妳說得倒簡單呢……」

儘管感到憂慮，堀北稍微思考了一下後，點頭答應了。

「我會試著用各種方法努力看看，但不保證一定能交給他喲？」

「堀北同學願意幫忙真是太好了。我想她一定也會很高興。」

雖然有些不情不願，但堀北答應幫忙轉交情書給南雲。

一般來說，應該會探聽是誰寫的信，然而堀北似乎不感興趣，她沒有要深究的意思。

2

因為被人拜託了一件出乎意料的事，我的腳步有些……不，是變得相當沉重。

「為什麼不自己親手給他呢……真是的。」

答應幫忙真是失策。毫無關係的我為什麼會拿著這種東西……

果然還是應該折返回去，跟市橋同學說由本人交給他比較好嗎……

「那樣大概比較正確。」

就在逃避的感情閃過腦海時——

我忽然想起以前在哥哥確定升上高中時，打算將信交給他的事情。

以前的我根本沒察覺到哥哥是為了我著想才那麼冷淡，只是拚命地想設法回到感情很好的過去，真是愚蠢。

當時覺得既然無法面對面交談，只要把自己的心意寫在信上就好了。

但是，手裡握的筆卻跟想像的不同，無法流暢地寫出來。

思考了好幾天，迷惘許久，寫了又擦掉、寫了又擦掉。

該怎麼做，我的心情才能傳遞出去？

該怎麼做，哥哥才會感到高興？

只不過是寫一封信，卻讓我陷入苦戰。

結果——還是沒能交給他呢。

後來哥哥進入這所學校就讀，我無法見到他，也無法聯絡。

「這麼說來，那封信後來怎麼了……」

我挖掘以前的記憶，記得好像是放到哥哥的桌子抽屜裡……

「咦，假如哥哥回家，可能會被他看到嗎？」

在走廊停下腳步的我，感覺自己的心跳突然加速起來。

倘若事到如今才被哥哥看見那封信——會被他笑話的。

「——忘了吧。」

就算我現在人在這裡手忙腳亂，也沒辦法處理信件，就當成沒寫過。

剩下的只能期待哥哥不會發現那封信了。

我從窗外回想起哥哥的背影，決定先雙手合十祈禱。

「……是呀，是這樣沒錯呢。」

寫信給心上人不是一件簡單的事。

更何況若要直接把信交給對方，門檻就更高了。

就連現在的我也是，如果有人問我敢不敢再次把蘊含著心意的信交給哥哥，我很難立刻做出回答。雖然不知道是誰寫的信，但對象是南雲學生會長。

或許必須去理解她會感到畏縮的心情呢。

我設法在自己內心找出幫忙轉交信的藉口，抵達目的地的學生會室。

一打開門，便發現除了南雲學生會長之外的學生會成員都已經到齊。

學生會裡除了南雲學生會長之外，有三名男生。

一年級的八神學弟、同為一年級的阿賀學弟、還有三年級的副會長桐山學長。

只不過也不是只要是男生，找誰都可以吧。轉交情書這種連學生會雜務都算不上的事情，不能隨便交給別人。

這當中與我比較有交情，又能普通交談的人，只有八神學弟。

雖然會變成我在利用身為學姊的立場，但也無法顧慮那麼多了。

八神學弟正坐在座位上，與一之瀨同學有說有笑。

我想趕緊先解決麻煩的事情，於是將手伸向書包裡的情書。

但是南雲學生會長挑在這個時候來到學生會室。

「立刻開始會議，快就坐吧。」

現身的南雲學生會長的聲音十分陰暗且沉重。

我感受到氣氛瞬間變得緊繃起來，便將手從書包裡收回來。

在這種狀況下根本不可能有勇氣說什麼自己被人拜託轉交情書。

「一之瀨，有什麼要報告的事嗎？」

「是的。為了文化祭做準備的前一天的預演，似乎所有班級都決定參加了。」

「幾乎才半天就確定了嗎？看來學生會長的判斷正確啊。但若以學生會的一己之見來說，希望可以再早點向我們報告這件事就是了。」

身為副會長的桐山學長話中帶刺地說道。

「我是一時興起。想說儘量早一點行動，學弟妹們也會比較高興吧。」

南雲學生會長沒有特別道歉，只是這麼回答。

這是已經逐漸變成慣例的學生會會議的光景。

基本上由學生會主導進行的事項，都是從南雲學生會長的一時興起開始。

有時是因為會議中的發言心血來潮，有時則是在與我們無關的地方心血來潮。

之後忽然陷入一片靜寂，於是南雲學生會長雙手抱胸，閉上雙眼。

看來很明顯地是忍耐憤怒的樣子。

「那個，南雲學長……請問怎麼了嗎？」

按耐不住的一之瀨同學戰戰兢兢地詢問。

「我今天聽說了奇妙的傳聞。」

「傳聞……嗎？」

「雖然是無憑無據的傳聞，但有人說我賭上鉅款，在玩讓特定學生退學的遊戲。」

「咦？這話是什麼意思？」

也難怪一之瀨同學會這麼反問。

因為我也無法立刻理解南雲學生會長這番話的意思。

「你是從誰的口中聽說了那種無聊的事情？」

「就是你們班的岸。」

南雲學生會長依舊閉著雙眼，向桐山副會長這麼說道。

「……岸說的？」

「是從他那群夥伴裡聽來的傳聞，你就算早已知情也不奇怪吧？」

「不好意思，我是第一次聽說。話說到底，我根本不懂賭上鉅款讓某人退學有什麼意義。」

一般是花費鉅款讓特定的某人轉到A班。

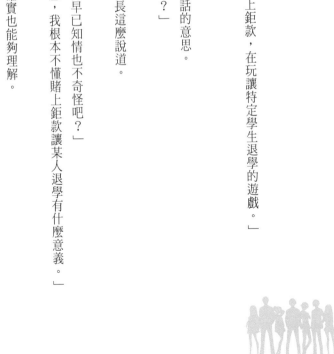

如果是這樣的事情，以我的角度來看，確實也能夠理解。

尤其是三年級生已經分出勝負，倘若被找到南雲學生會長班上，實際上就等於保證會在A班畢業。

這麼說雖然不好聽，但南雲學生會長有可能私下提供個人點數給有交情的對象，給予對方轉班的權利。

「不過是傳聞罷了。但是，也不能默默地坐視這種謠言妨害我的名譽。」

以學生會長的立場來說，這種傳聞確實只會讓他單方面吃悶虧。

也難怪他的心情會這麼明顯變差。

「學生會要暫時停止活動。」

「停止活動……嗎？」

南雲學生會長出人意料的提議讓一之瀨同學大吃一驚。

學生會每星期會有一次像這樣聚集起來，互相討論各式各樣的議題。

頂多就是考試期間和一部分的特別考試例外，在平時停止活動是史無前例的事。

「畢竟關於文化祭的事情也已經討論完畢了。沒有問題吧？」

「你打算找出犯人嗎？」

「當然了。我會澈底尋找。下次會議就等文化祭結束後再舉行吧。」

之後我們繼續討論關於文化祭前一天的事情，過沒多久便解散了。

我從座位站起身，前往八神學弟身邊。

是感覺到我靠近的氣息嗎？原本盯著筆記本看的他抬起視線，停下手之後將筆記本闔上。他負責擔任學生會的書記，所以在撰寫會議紀錄。

其他學生已經先一步離開學生會室，以我的立場來說實在謝天謝地。

室內只剩下我們兩人後，我決定開口向他搭話：

「可以打擾一下嗎？」

八神學弟露出有些驚訝的樣子，重新面向我這邊。

「抱歉，你還在撰寫紀錄嗎？」

「不，正好剛寫完。請不用放在心上。」

八神學弟輕輕地將手放在迅速闔起的筆記本上，朝我露出笑容。

「堀北學姊，怎麼了嗎？」

「八神學弟，可以拜託你一件有點強人所難的事情嗎？」

「什麼事？」

「希望你可以把這個交給南雲學生會長，這是所謂的情書喲。」

我拿出情書交給八神學弟。

「現在會寫情書還真是稀奇呢。好像大多會用訊息或打電話解決就是了……」

在他露出嚇一跳的模樣並接過情書時，我急忙補充：

「以防萬一，先告訴你一聲，這封情書不是我寫的喲。」

「原來是這樣啊。還以為這是堀北學姊寫的情書……或者是要我當成是那麼回事，交給學生會長就好嗎？」

「不是那樣的。我是被班上女生拜託轉交的。」

「上面沒看到寄信人的名字，請問是哪位寫的情書呢？我可以幫忙轉告一聲。」

「這我不能說，對方希望匿名。」

「匿名的情書……是嗎？」

「因為我是學生會的成員，對方才會來拜託我，但還有匿名的問題，可能會被誤解成是我要給學生會長的情書對吧？」

「非常有可能呢。老實說，我到現在還是有點懷疑這是不是堀北學姊寫的情書。」

雖然八神學弟感到有些有趣似的笑了笑，對我而言這可是一點都不好笑。

「開玩笑的。只要看到學姊這種厭惡的表情，就知道不是那麼回事。」

如果真是這樣就好……

「其實要是能在南雲學生會長過來之前交給你，事情應該會比較順利吧……」

「就算我能事先拿到這封情書，也沒辦法交給學生會長。畢竟剛才完全不是能夠轉交信件的氣氛。」

「也是呢，那也無可奈何。」

在那種狀況下，沒有任何人能向南雲學生會長搭話。

「有求於你還這麼說實在很抱歉，但能請你儘快幫忙轉交嗎？因為對方應該認為今天可以送到學生會長手上。」

「既然這樣，我等一下就去宿舍那邊拜訪學長看看。」

目不轉睛地盯著情書的八神學弟露出了似乎有些複雜的表情。

「這個真的是情書嗎？」

「大概是。對方好像有說信裡蘊含了她的心意，但我沒有確切的證據。」

畢竟也不能撕下貼紙確認內容。

「假如我當成情書交給南雲學生會長，實際上卻不是情書，對他很失禮吧？」

「也有可能發生那種狀況呢。」

「那我先改成比較溫和的詞彙，就說是某人請我轉交的信吧。」

「嗯，那麼做比較好，謝謝你。」

我對他坦率地答應幫忙一事表達感謝。

「話說回來，即使到了這種時代，會議紀錄也還要用手寫，書記的工作也真辛苦呢。」

倘若是現在這種時代，即使是用電腦作業也沒有問題。

「傳統也很重要喔。而且自從這所學校創立以來，會議紀錄似乎一直作為檔案保留下來。要是突然轉型數位化，也會產生突兀感。」

轉過頭的八神學弟注視書架。那裡確實擺放著許多會議紀錄，述說至今為止的學生會累積起來的歷史。

即使在我們這一代轉變成光碟等物品也絕非壞事，但八神學弟說的話也有道理。如果注重傳統，這或許是應該持續下去的事情。

「我也聽說趁著還是學生時多吃點苦比較好。畢竟太早習慣輕鬆的事情，說不定會在之後變得加倍痛苦呢。」

八神學弟表現出有些成熟的對應，實在不像個高中一年級生。

「就這層意義來說，這封情書也是類似的東西呢。」

的確，現在用手機告白的情況也不算稀奇。

但是，我也能明白用自己的文字傳遞心意具備一定的意義。

「話說回來，今天的南雲學生會長感覺真的很緊繃呢。」

「是啊。好像是有人說他賭上鉅款想讓人退學？記得——名字叫什麼來著……」

八神學弟像是要回想起什麼，打開會議紀錄的筆記本給我看。

翻開的頁面最前面那邊是從去年的中期開始紀錄的內容，似乎是現在的三年級生在二年級時寫下的紀錄。

然後字體改變，切換成最近的會議紀錄。

我會在瞬間明白這件事，是因為推測是八神學弟寫的會議紀錄書寫方式非常完美，可以窺見他條理分明、一板一眼的個性。

而且文字洗鍊到難以想像是手寫的。

「找到了。學生會長說過可能是這位叫岸學長的人在散布謠言呢。學姊知道岸學長是哪一班的人嗎？」

八神學弟用和平常一樣的表情讓我看會議紀錄，同時這麼問道。

但是我的大腦一口氣被拖到其他領域。

這個字跡……

與已經快從記憶中脫落，自己一直在尋找的那個字跡非常相似。

在無人島考試時給了我一封信的人物。

我忍住因為動搖差點飄走的視線，看向今天的會議紀錄。

放大視野看了一下八神學弟的樣子，只見他依舊面帶笑容看著我這邊。

該不會……

可是，不，那怎麼可能。

各式各樣的感情在內心捲起漩渦，我一邊繼續假裝低頭看會議紀錄，同時思考起來。

「堀北學姊？」

「……抱歉，我不知道呢。只要看ＯＡＡ應該馬上就能知道了。」

「的確。我立刻調查看看。」

「不好意思，我想到還有點事要辦，先失陪了。」

「啊，這樣子嗎？我明白了。」

我將視線從他身上移開，彷彿逃跑似的立刻背對他。

「那麼雖然很過意不去，轉交信件給學生會長的事情就拜託你了。」

「好的。辛苦了，堀北學姊。」

要是現在對上他的視線，我大概會忍不住問出口。

無論如何都必須避免那種情況發生——我有這樣的直覺。

走出連接學生會室的門，緩緩關上門扉。

在門關上的前一刻，從細小的縫隙能窺見的室內，只見八神學弟掛著笑容看著我。

他的眼神簡直像在試探我一樣。

感覺是在挑釁我：「妳發現了嗎？」

否則他不會特地主動打開會議紀錄的筆記本，讓我看見他的字跡。

門「砰」地一聲關上。

不能完全否定只是碰巧字跡雷同的可能性。

從看到那字跡之後過了不少時間，所以記憶也變得有些模糊。

儘管如此，不知為何那個筆跡仍相似到讓我抱持確信。

假設他就是寫信給我的人物……就表示他一直待在我身旁，卻始終擺出若無其事的態度。

這同時也讓我不禁覺得這個推測的真實性大幅提高了。

文化祭前一天的討論會

光陰似箭，轉眼就來到十一月十二日星期五。文化祭前一天的放學後到來了。

所有班級都嚴謹地進行準備。今天放學後是由學生會主導的預演日。這將是為了明天正式開幕做調整的重要測試。

除了一部分人以外的所有班上同學，都為了開始準備同時動了起來。

堀北班會推出的節目總共有四個。

第一個不用說，就是大家都知道的女僕咖啡廳，營收的主軸是紅茶和咖啡等飲料類。然後是跟女僕們拍攝照片的費用。尤其是後者時間效率很高，單價也設定得偏貴，因此只要有許多想拍照的客人，將會成為一筆很大的收入吧。

第二個和第三個是設置在戶外，販售麵粉料理（章魚燒、御好燒等等）的攤販，以及販售西式義大利麵和麵包的攤販。

除了靠攤販本身賺到的收入，同時也接受在女僕咖啡廳的點餐。只要有人點餐，負責運送的學生就會前往攤販取餐，然後送到女僕咖啡廳。

為了發揮女僕咖啡廳的獨創性，我們也準備了將攤販販售的既有菜單稍微加點變化的限定餐點菜單。

最後的第四個則是用剩餘的預算臨時追加的，在戶外進行，適合小朋友參加的猜謎大會。

「不留住長谷部同學他們沒關係嗎？」

前園像是要追逐正好離開教室的波瑠加與明人的背影，這麼說道。

「勉強他們也不是辦法。就當作是個好機會，測試扣除掉高圓寺同學、長谷部同學和三宅同學後的三十五人能否順利運轉吧。」

不過，並非只有這三人表現出不合作的態度。

到今天為止的這幾個星期以來，櫛田對文化祭的節目幾乎沒有過問，而且放學後也沒幫忙立刻就打道回府了。

她同意文化祭當天以女僕身分接待客人，也曾經跟堀北提出過幾次點子。雖然是些小地方，但也有幾個點子獲得採用。

只不過，她完全沒有參加女僕們統一步調的練習等等。

「為了明天的正式開幕，我們想要做最後的確認，還有先練習一下當天的行動……妳今天應該有時間了吧？」

佐藤像是稍微鼓起勇氣，盡可能以不被察覺警戒心的態度向櫛田搭話。

正要起身離開座位的櫛田停下腳步，原地轉過頭來。

「對不起喲，佐藤同學。我放學後有非做不可的事情。」

這句台詞其實也不是今天才第一次聽到。

「我說呀，妳一直像這樣拒絕參加練習……當真有心想協助班上嗎？」

因為氣氛逐漸變得緊張，堀北準備從座位上站起來時，一旁的洋介簡直像早就料到這個發展一般，制止了堀北。

我不曉得哪邊才是正確的。但要是凡事都插嘴，不可能打造出融洽協調的班級。有時必須靠當事者自己解決才行。

雖然也可以說這個舉動很不像平常比任何人都更顧慮周遭，關心問候的洋介……

恐怕是因為他感覺到堀北無謂地向班上同學表現出對櫛田的特別待遇，是一步壞棋吧。堀北當然也理解這點。

即使理解，也無法置之不理——因此陷入進退兩難的處境。

「沒問題的，正式開幕的行動已經記在腦中，也不打算扯大家後腿。」

「可是，妳完全沒有練習對吧？這樣實在無法把重要的女僕一職交給妳耶。」

今天是最適合練習的預演。

佐藤至今也接受櫛田缺席練習，似乎只有今天無法退讓。

不過櫛田也同樣沒有點頭的意思。
「既然這樣，要試著把我換掉嗎？雖然不覺得有其他可以勝任的人選。」
她的發言毫不留情，但是說得沒錯。
就算只看櫛田的外表，目前不是擔任女僕的學生也沒人能代替她。
「那麼，明天的文化祭見嘍。拜拜。」
即使語調跟至今那個溫柔的櫛田沒兩樣，但被人覺得她的行動很冷淡也無可奈何。她到最後都拒絕佐藤的提議，就此離開教室。
單純只是不想跟知道自己本性的同班同學度過相同的時間嗎？
或者真的有什麼非做不可的事情呢？
教室的氣氛明顯變糟了，這也沒辦法吧。
「欸，堀北同學。明天正式開幕時，果然還是該換掉櫛田同學吧……」
低著頭一臉不甘的佐藤讓松下看不下去，於是直接找堀北談判。
「我明白妳想說什麼，但是目前不打算換掉她。」
「可是她每天都說有事情，絕對是在說謊吧。」
櫛田最近的行動的確有不少令人費解的地方。自從全場一致特別考試後，她就跟大多數人保持距離這點雖然無可奈何，但就算是這樣，不合作的態度還是太引人注目了。

「或許是吧。我也不知道她不參加練習的理由。」

「既然這樣——」

「但是不用擔心。她也是以自己的方式在思考文化祭和女僕咖啡廳的事情。」

「妳相信櫛田同學呀。」

「唉，也可以說是總得相信她才能邁出下一步……吧。」

儘管松下看來無法接受的樣子，但她在點頭之後，轉身去安慰佐藤。

因為這次自己也是創辦成員之一，松下也在各方面付出很多。

櫛田不參加練習的確是個不安要素，不過從堀北的表情上感覺不到焦急的情緒。看起來反倒像是獲得什麼保證的自信。

所以松下才會賭上這點，壓下自己的主張吧。

因為她也沒有要尋求協助的樣子，我就在旁守望吧。

1

特別大樓一樓，擺攤號碼「特02」。

學生們在平常當成空教室使用的這個地方進行裝飾。

主要進行裝飾作業的是女生，男生頂多算是輔助。

有趣的是女生明顯比男生更擅長這方面的裝飾。

關於設置攤位的作業，交給堀北指揮就沒問題了吧。

在特別大樓二樓內側的教室裡，概念咖啡廳正在順利地進行準備。

與我們班的女僕咖啡廳不同，龍園班的概念是「和服」。

關於餐點和飲料也是日式點心和茶飲等等，營運方針跟我們班截然不同。

在他們進行準備的過程中，我發現一個散發異彩的存在。

有個少女雖然穿著概念的和服，卻一個人坐在椅子上閱讀。

「……你好。」

日和一注意到我，便舉起書本，不知為何將視線以外的部分隱藏起來。

「好久不見，聽說妳最近都沒去圖書館？」

「我並不是沒有去。只是那個……稍微換了個時段前往。」

我一直覺得愛書成癡的她沒出現在圖書館很奇怪，原來只是換個時段嗎？

「原來妳也會以店員身分參加呀。」

「我專門負責結帳。因為不太擅長跟人對話……再說我也不擅長四處走動，雖然也練習過用

托盤送餐，但還是無法習慣。」

簡單來說，唉，就是她對這方面的事情都不擅長。

但如果能以收銀員身分流暢地對應客人，那倒也無所謂吧。

「順帶一提，伊吹同學也有參加喲。」

「伊吹嗎？她給我絕對不會穿這種衣服的印象就是了。」

「聽說她好像跟龍園同學賭上完全免除協助文化祭的義務來一決勝負。」

「然後輸了是嗎？」

彷彿回想起當時的事情，日和感到有些滑稽似的露出微笑。

「那麼，那個輸掉的伊吹人在哪裡？」

「聽說她今天不參加。她曾說絕對不要在文化祭當天以外的時間穿和服。」

雖然理解她的心情，但沒有準備就直接上場，如果能順利接待客人就好了。

唉，龍園應該會臨機應變地處理這方面的事情吧。

龍園同時也是這間店的店長，儘管也想先看一下他的情況，卻沒見到人影。

他把前一天的準備交給其他學生處理嗎？

「龍園同學好像去觀察A班的情況了。」

「A班的？」

「因為他們還沒有公開會推出怎樣的節目。」

的確，直到這個文化祭的前一天為止，都還完全不清楚坂柳班準備推出的節目詳情。

想確認他們會推出什麼並不奇怪。既然所有班級都參加了這個前一天的試營運，肯定會在某處進行擺攤準備吧。

「我也去看看情況。」

我結束跟日和的對話，決定去尋找坂柳班。

「那個，綾小路同學——」

「嗯？」

「龍園同學他們上了三樓，所以我想坂柳同學大概在那裡。」

「這樣啊，省了我不少工夫。」

日和好像還想說些什麼，但是立刻左右搖了搖頭。

二年級的三個班級集中在特別大樓裡面，而且樓層各不相同啊。

「我下次還會去圖書館露面，請你也務必前往。」

「好，我會去的。」

我舉起手道別之後，直接前往三樓。

距離校門最遠、感覺一般人不太會光顧的特別大樓三樓。這裡準備了三間可以擺攤的教室，但是直到前幾天為止都毫無人煙，沒有人要租借。

「沒想到坂柳班居然會租借整個三樓。」

就現狀來說他們獨占了三樓，所以二年A班的學生隨心所欲地在三樓走廊上四處走動。

若是只看一眼，無法想像他們準備推出怎樣的節目。

只見四處散落著好幾個看不見裡面裝有什麼的紙箱，A班學生們沒有要把東西拿出來的樣子，衣服也是平常的制服。

因為不能在室內製作會用到火的料理，所以這方面的可能性也消失了。

「出乎意料的狀況讓你大吃一驚了嗎？」

橋本走過來向我搭話，他應該是在監視上三樓的學生吧。

「這是在做什麼？」

「即使是你，看了也不曉得嗎？」

他覺得我無法理解這件事很可笑嗎？橋本靜靜地笑了。

「哎，這也難怪吧。不過可不能親切地告訴你答案啊。」

他們大概是打算在前一天先做好準備吧，但似乎沒有要公開的樣子。

彷彿是在表明這一點，通往這層樓的樓梯貼著一張表面上的公告。

——二年A班的節目出了一點問題，因此本日不會舉行。

「就是這麼回事。有勞你特地過來真是不好意思，能請你離開嗎？」

即使就這樣賴在這裡不走，也不會知道他們要推出的節目詳情吧。

「龍園好像也差不多要回去嘍。」

龍園從裡面的教室走出來，將雙手插在口袋裡並走向這邊。

他稍微看了一下我跟橋本後，就直接通過我們旁邊，下樓去了。

「還是說你也要跟那傢伙一樣，明知道是白費工夫，也要仔細觀察一下再走？」

「我決定打道回府。」

「明智的決定。敬請期待正式開幕。」

結果我沒有任何收穫，就在橋本的目送下，為了回到女僕咖啡廳從原地走下樓梯。就在回到二樓時，發現龍園背對著這邊停下腳步。對於只轉動頭部看向這邊的對手，我將視線投往上面那層樓。

龍園見狀微微揚起嘴角，開口說道：

「你轉告鈴音一聲，明天會獲勝的是我們班。」

「和服的治裝費應該比女僕裝還貴吧？既然都要以概念咖啡廳一較高下，推出完全一樣的東西也行吧。」

「這純粹是我的喜好。」

龍園回了一句能夠當真也能當作開玩笑的話後，便邁步離開。可以從樓上感覺到橋本的氣息，但我沒有放在心上，就此返回女僕咖啡廳。

2

才開店沒多久，意外地就有許多其他班的男學生衝過來。

比起來這裡用餐，好像更多來湊熱鬧的人是想看一眼女生扮成女僕的模樣，但那也無所謂。

對於還不習慣引人注目的女僕們來說，這會成為很好的經驗吧。

就連平常冷靜的松下動作都有些僵硬，可以看出她十分緊張。

佐藤和小美更是比練習時要笨拙好幾倍的樣子。

隨後，塑膠杯掉落地面的聲響傳遍教室。原因在於小美手滑，弄掉了放在托盤上的水杯。這彷彿要劃破空氣般的沉重意外，讓當事者僵硬在原地。而在這個當下立刻採取行動的是松下。

「很抱歉驚動到各位了。」

松下用冷靜的語調和沉著的對應溫柔地拍了拍小美的肩膀後，指示她拿新的水過來。然後松下拿了抹布過來，開始打掃地板。

「松下同學真有一套呢，很難想像她是第一次當女僕。」

「是啊。」

松下比其他人靈活許多的行動，讓在旁守望的堀北也感到佩服。

「妳明天也會以女僕身分參加對吧？」

「我基本上是負責宣傳。雖然也會視情況幫忙接待客人……老實說沒什麼自信呢。」

堀北跟平常不同，有些軟弱地這麼回答。

「唉，也沒有人認為妳很擅長笑臉迎人啦。」

服務生本身的工作應該不會讓她覺得做不來，但要她提供微笑大概很困難吧。

「你似乎游刃有餘呢。」

「畢竟我的工作到今天就差不多都結束了。」

因為是事前準備占九成、正式開幕占一成的職務，明天要做的事情只有事務性工作。

「要不要把你也調去攤販那邊幫忙呢？」

「不要只因為個人的不滿就把我調派到其他地方啦。」

雖然堀北講出麻煩的發言，但她也不是認真的，所以很快就讓步了。

「總之只要有松下同學在似乎就沒問題，我也稍微離開一下。」

「妳要去觀摩嗎？」

「我也想先親眼確認一下有什麼節目呀。」

「慢走。」

為了確保明天有休息室可用，我就趁這段時間打造一個空間吧。

然後經過大約一個小時後，堀北回到女僕咖啡廳。

「我回來了，情況如何？」

「雖然發生過幾次小失誤，現在已經穩定不少，所有人都越來越熟練了。」

「事前準備萬萬歲呢。」

「要是沒有參加這次預演就直接上場，說不定很危險呢。」

這次預演讓我明白了在沒有客人的狀態下練習，跟動員身為第三者的客人實際進行演練，果然是截然不同的兩回事。

從開店起就一直忙個不停的松下結束手邊的工作，交棒給其他人。

「辛苦了，松下同學，妳的表現很出色呢。」

「謝謝。大家的動作也變得越來越俐落，感覺應該可以用很棒的形式迎接明天。」

雖然松下這麼說，但表情有些僵硬。

「怎麼了嗎？」

「因為原本以為會碰到更多惡意干擾，所以這點讓我有些擔心。」

「惡意干擾？」

「龍園同學他們班故意推出跟我們類似的概念咖啡廳對吧？我原本一直在提防他會不會帶石崎同學等人過來，說什麼杯子裡有蟲之類的……」

我跟堀北的視線瞬間交錯，立刻重新面向松下。

「妳不用擔心這點喲。畢竟在練習階段干擾我們，對他們也沒什麼好處。而且既然有學生不能在正式開幕時當客人這條規則，他們也沒辦法用同一招。」

我又更進一步地幫忙補充堀北的說明：

「正式開幕時，龍園也沒辦法在眾目睽睽下做出太輕率的行動。不用擔心這點也沒問題。」

聽到我們兩人幾乎同時告訴她不用擔心，讓松下恢復笑容。

「總覺得由你們兩人來說，安心感截然不同呢。」

她一直很操心這件事嗎？看來像是鬆了一口氣。

「妳也去休息吧。」

「那我先去休息了。」

松下邁出步伐，踏著有點搖搖晃晃的腳步離開了教室。

「妳注意到了嗎？」

「咦？」

「不，沒什麼。」

因為是很細微的突兀感嗎？就在附近的堀北似乎沒有特別察覺到什麼。

如果單純是我想太多就好了。

「那麼其他班的節目怎麼樣？」

「雖然不曉得明年是否也會有文化祭，但我學到了不少呢。」

那樣的堀北看過完成的休息室後，接著用手觸摸確認狀態。

「看來沒什麼問題呢。大概再一個小時就要開始收拾了，你也最好再到處看看。」

「那我就到處看看吧。」

我獲得堀北的許可，決定悠閒地逛一下學校各處。

惠彷彿一直在等這個時刻似的忽然現身，抱住我的手臂。

「我們一起逛吧。」

「就算我說不要，感覺妳也不會放手啊。」

「才不會放手的～」

「要兩人一起逛是你們的自由，但請別忘記這終歸是偵察喲。」

「好、好～」

對於認真回應的堀北，惠始終一臉輕鬆的樣子。

畢竟這種機會也不常有嘛。實際上就算只看女僕咖啡廳的狀況，大部分的人看起來也像是普通地在享受文化祭。

3

一年級生還有三年級生的一部分班級，擺設了許多模仿祭典攤販的攤位。如果要舉幾個需要技術的例子來說，有射擊遊戲、套圈圈，或是利用手工台座打彈珠獲得獎品的遊戲等等。因為有許多類似的攤位集合在一起，眼前是一片有如小規模祭典會場的景色。

「啊，是幸村同學他們。」

惠最先指著的前方可以看到啟誠和外村等男生們很忙碌似的在進行準備。大概因為他們各自在宿舍練習過如何煎烤食物，動作還挺俐落的樣子。還是別隨便搭話，以免妨礙到他們吧。

「要玩玩看套圈圈嗎？」

「玩玩看吧！啊，那個布偶好可愛，有點想要呢。」

惠從比我們搶先一步體驗套圈圈的學生身後指著布偶大聲說道。

那是一隻五顏六色的熊，感覺十分可愛的獎品。

遺憾的是這個套圈圈攤位只是展示。就算成功套中了，似乎也沒辦法拿到獎品。儘管學生會有發放預算，但獎品數量有限。

倘若今天就被學生帶回家，會很難補充獎品吧。

另一方面，一年D班在對面推出的射擊遊戲攤似乎是以零食為獎品，實際挑戰成功就能拿到獎品，是很貼心的安排。

能拿到的獎品也很平價，便宜的大概價值十點，貴的也只價值約兩百點。

正式開幕時應該也會出現零食以外的獎品吧，但現在這樣就能進行跟文化祭當天沒兩樣的測試。

「清隆試試看嘛。」

惠這麼催促，輕輕地把我推到擺放著五把射擊遊戲用玩具槍的台子前。

我對所謂的射擊遊戲很感興趣，試著挑戰看看也不錯呢。

一次遊戲可以拿到五發子彈。

這似乎叫做軟木塞槍，是一種將軟木塞裝在槍裡，然後發射出來的玩具。可以發現並排在台子上的每一把槍都製作得比想像中厚實。

不過子彈則是扭曲變形，讓人懷疑是否能進行精密的射擊。

我打從出生到今天，一次也沒有拿過槍。

雖然隱約記得在電影或戲劇中看到的印象，但不清楚那些印象是否正確。正好也沒有其他在射擊的學生，所以也沒辦法看別人示範。只好靠著腦中的想像抓起放在正中央的槍枝，試著架起槍。

「你要瞄準最貴的獎品喲。」

要拿到最昂貴的零食組合包，就必須擊落大型重物。

這把槍的威力究竟有多強呢……

總之先試試看吧。我一邊聽著惠的尖叫加油聲，同時射出第一發子彈。

砰——軟木塞子彈伴隨著輕快的聲響發射出去，靠近我瞄準的重物。

但子彈只是劃過重物左邊幾公分的地方。

如果依照我的感覺，應當會正好命中才對，子彈卻勾勒出完全不一樣的軌道。

既然這樣——我接著將槍口轉向右邊幾公分，射出第二發子彈。

原以為這樣就能完美地修正軌道，但這次子彈飛過右斜上方，又打偏了。

「真困難啊……」

就在我將第三發子彈上膛時，其他學生也開始陸續來參加遊戲。

我決定觀察其他學生的情況，更進一步地嘗試修正軌道。然而，開槍射出子彈的學生們也跟我一樣，雖然瞄準了目標卻陷入苦戰。其中只有一個學生射出的子彈從第一發就命中重物。即使重物沒有倒下，仍然成功將重物推向後方。我繼續觀察是否有什麼訣竅，然後發現那並非技術產生的差距，而是看起來一樣的槍其實各自具備不同的性能。

製造過程中以公釐為單位的偏差，與軟木塞子彈本身的品質。

各種因素組合起來，每射出一發子彈時都會描繪出意料之外的軌道。

這是個非常有趣的設計，同時我也理解到要射倒目標有多麼困難。

結果我只有讓最後一發子彈命中原本瞄準的目標，當然沒那麼容易擊落，第一次的射擊遊戲以慘敗告終。不過我開始明白槍本身具備的性能傾向了。

接下來只要從軟木塞的形狀預測子彈在發射時預估的軌道，重新挑戰的話——

我原本這麼心想，但發現攤位上貼著一張「今天一人僅限挑戰一次」的布告，於是打消了這個念頭。

「哈。即使是綾小路學長，也不擅長射擊嗎？」

正當我把槍放回原位時，語帶嘲笑的寶泉從攤位後方邊笑邊走出來。

寶泉所在的一年D班推出的節目，將主力放在「遊戲」攤位上面。

「真意外啊。你居然會推出這種節目。」

讓大人回歸童心，沉迷於透過射擊和套圈圈等活動來獲得一些小獎品的遊戲。

「畢竟小時候就常混在大人裡面，到這類攤販狠削他們一筆嘛。」

那究竟是怎樣的童年啊……

「我是想做個更正式一點的賭場啦，不巧的是被古板的學校給駁回了。不過，不管是射擊遊戲還是什麼，這些也都跟賭博一樣。這類賭博都是設計成莊家會贏的啦。只有一次的文化祭，就算被黑店敲竹槓，也無從警戒起。」

他拿出打火機放到架子上，然後走到我這邊，拿起從左邊算起的第二把槍。

從他架起的玩具槍發射出去的子彈比想像中更筆直地向前飛，直接命中打火機。

雖然打火機搖晃了一下，但看起來不像要倒下的樣子。

「只要數量有限的獎品不被人拿走，就沒問題啦。」

「但這樣客人很快就會興趣缺缺了吧？」

「只要把跟紙屑沒兩樣的參加獎加點附加價值大放送就好啦。」

若是參加獎不夠吸引人，大人們可能也會敬而遠之，不過……

寶泉似乎有準備對策。籠子裡露出感覺像是參加獎的東西。

他利用印表機大量準備許多男女學生的照片，這些將照片護貝而成的手工製獎品還有各式各樣的版本。

「只要給他們這種參加文化祭的回憶，從大人的立場來看也會是很棒的宣傳吧。」

既然也有許多與政治家相關的人參加，就表示也有人會把參加文化祭當成慈善行為或社區服務加以宣傳。只要宣稱收到了學生們的照片，也能提昇大眾對自己的好感度。我跟意外地深思熟慮的寶泉道別，回到等待我的惠身旁。

「我失敗了。」

我這麼報告，於是惠揚起嘴角，很開心似的用手肘戳著我的腹部。

「明明沒拿到獎品，妳看來卻挺開心的。」

「因為看到了清隆可愛的一面呀。以我的立場來說，感覺應該是超級滿足？」

「可愛的一面是什麼啊？」

剛才只是一段我沒有表現出任何優點的時間吧。

「就連這時候都會一發子彈就拿到獎品──沒有變成這種像漫畫一樣的發展，對我而言是很開心的事。讓我重新認識到你也不是萬能的。」

那是理所當然的吧。我的做法是基於經驗。如果有能靠過去的經驗活用的材料就另當別論，否則無論是玩具還是什麼，都不可能第一次玩射擊遊戲就百發百中。

「妳覺得這點很可愛嗎？總覺得一般應該會希望男友很帥氣。」

「你帥氣的一面我已經見識很多了。」

惠沒有責怪我，反倒因為沒拿到獎品感到有點開心。

就在我們四處閒晃，想看看有沒有其他有趣的攤位時，發現了石崎。

「嗨，綾小路！」

「看來好像是很奇特的攤位啊。」

「對吧？這是我跟阿爾伯特提議的攤位喔。」

「哦，像你這樣的小弟居然能得到龍園的許可呀？明明連生日派對都安排不好？」

惠用懷疑的視線盯著石崎看。

「唔……雖然我是很希望辦成啦……但照妳說的向龍園同學提議後，被他踹了一腳……」

石崎像是回想起往事一般按住腹部。我跟龍園的生日碰巧都是十月二十日。石崎原本計劃要辦個雙重生日派對。

但為了實現這個計畫，需要說服惠，而惠提出的條件就是龍園親自為他在屋頂上的行為賠罪並低頭道歉。龍園當然沒有接受這個嚴苛的條件。

「可是明年我一定會雪恥的！你們等著吧！」

「沒有人在等啦……話說，你是推出什麼攤位呀？」

「妳很在意嗎？很在意對吧？好，你們也試試看吧。」

他們準備的東西只有桌子和紙箱而已。

從桌上放著免洗筷和杯子這點來看，給人應該是餐飲的印象，但究竟是……

「這什麼呀？」

「看了就知道啦。」

如此說道的石崎向阿爾伯特發出指示，讓他從紙箱裡拿出道具。

是袋裝的乳清蛋白和檸檬酸。

無論哪個都是大家熟悉的會在鍛鍊肌肉等時候攝取的東西。

「這是巧克力口味的乳清蛋白，哎，總之你們先稍微舔一口看看吧。」

石崎製作的巧克力口味乳清蛋白倒進一口尺寸的小紙杯裡。

「我不用了。」

他一端出來，惠便立刻拒絕。

「別、別這麼說嘛。這只是普通的乳清蛋白喔？」

「我根本沒喝過什麼乳清蛋白，也不想喝。我可不想變得肌肉發達耶～？」

阿爾伯特上前一步，用英文低喃：

「You can't build muscle just by drinking protein shakes.」

「咦？什麼？」

「妳不用擔心這點。只有喝乳清蛋白鍛鍊不出肌肉——他是這麼說的。機會難得，你們要不要兩人一起試喝看看？」

老實說，我對石崎會做些什麼有點感興趣。

我像要打頭陣似的拿起紙杯，喝下乳清蛋白。

跟以前喝的大概是不同品牌吧，但這味道讓我稍微想起以前。

「好吧，我姑且就捧場一下吧……好難喝！」

另一方面，第一次喝乳清蛋白的惠似乎覺得不好喝，只見她皺起眉頭。

「很難喝嗎？唉，也不至於喝不下去吧？」

「雖然不至於喝不下去，但也不太想喝。」

「那麻煩你們換一下口味。」

為了讓我們沖掉口中的味道，他遞了水給我們。

喝完那杯水的時候，石崎已經在進行下一個準備。

「接著換這邊。」

他一邊說一邊在別的紙杯裡準備了檸檬酸飲料。

「哎，就是杯檸檬酸啊。」

「我可能比較喜歡這邊。」

我們彼此說出喝了檸檬酸的感想。

「那麼，這是最後一種了。剛才喝的兩種飲料並沒有多難喝吧？」

「我覺得乳清蛋白很難喝。」

「妳就算了啦，輕井澤。綾小路覺得怎樣？」

「這個嘛，絕對不算難喝。」

聽到我這麼說，石崎很開心似的笑了。

「然而啊，要是把檸檬酸加進這個巧克力口味乳清蛋白裡，就會變成非常神奇的味道喔。」

他將攪拌過的乳清蛋白遞給我們，我將杯子湊近嘴邊。攝取乳清蛋白和檸檬酸都不是壞事，所以感覺這是種一舉兩得的做法，但……

「好啦，你們兩人同時喝下去吧。」

「感覺有點可怕耶。」

「就喝喝看吧。」

我們像是配合彼此呼吸似的將紙杯靠到嘴邊，將飲料灌入口中。

就在把飲料含到嘴裡的瞬間，從舌頭表面蔓延開來的味道讓我不禁全身僵硬。

「嗚嘔！」

在我身旁發出哀號的惠更是忍不住當場吐了出來。

然後她更是在翻跟斗的同時做出嘔吐的動作，強烈訴說到底有多難喝。

「這個，有那個、那個的味道！嗚嘔嘔嘔嘔！」

這個味道我也有印象。就是以前學習格鬥技時，腹部被人用拳頭猛烈重擊，把從胃部湧上來

的胃酸與消化中的食物吐出來的時候。

在嘴裡蔓延開來的臭味與味道，跟那種滋味非常接近。

「哇哈哈哈！對吧！很有趣對吧～！」

「一點都不有趣！水！」

惠推開捧腹大笑的石崎，將寶特瓶的水直接就口喝了起來。

「……該怎麼說呢，的確是非常神奇。」

「就連綾小路也有一點不敢領教啊。」

畢竟它豈止是不好喝，老實說根本不是食物的味道。

情緒一下子低落不少。

「我打算明天讓客人大吃一驚。我會用一杯五百點的價格提供非常神奇的體驗。」

「……龍園居然會允許這個提議啊。」

這件事讓我比較驚訝。

「他要我用自己的點數隨我高興去做。這裡明天會推出別的攤位。」

原來如此。也就是說在自己班租借的攤位上，讓石崎借用剩餘的空間自己來嗎？那樣可以把支出控制在最低限度，而且就算有大概十個客人出於好奇心而嘗試也不奇怪。

「唔唔，快樂的約會變成最糟糕的狀況……」

之後直到我們離開現場為止，惠都一直用怨恨的視線看著石崎。

原本覺得他們應該稍微有點改善的關係，說不定又回到原點了。

就這樣純粹地享受了幾個節目，同時結束偵察後，我跟惠一起回到女僕咖啡廳。教室裡面擠滿一堆學生，那些學生各自找女僕搭話，看來樂在其中的樣子。有時遇到偏離道德規範，死皮賴臉地糾纏女僕的學生，須藤會插手強制中斷交流，要求那樣的學生退場。

負責處理麻煩的須藤十分有模有樣。

除非是長相特別凶狠的人，否則無關是學長或學弟，被須藤一瞪都只能乖乖離開。大約兩小時的模擬文化祭過沒多久便結束了。

最終來說，明天是否需要調整人員這件事，晚點再跟堀北討論一下吧。

我和須藤等男生開始清掃場地時，小野寺現身了。

「這邊也結束了呀。我也有一點想看大家的女僕裝扮呢。」

被派到戶外攤位幫忙的小野寺，一回來便發出有些遺憾的聲音。

「妳居然想看女僕嗎？」

「有什麼關係呢。我也喜歡可愛的東西呀。而且我自己不適合穿什麼女僕裝……畢竟腳也很粗。」

「適不適合要穿了才知道吧。」

「……再說準備的服裝有限，尺寸大概也不合吧。」

如此說道的小野寺苦笑表示自己無法扮演女僕。因為埋頭苦練游泳的關係，小野寺的肩膀和雙腿等等都比一般女生壯碩，堪稱是久經鍛鍊的肉體。假如要準備符合她尺碼的女僕裝，那必然會變成小野寺專用的衣服。這時須藤蹲下來，將視線湊近小野寺的大腿。

「等、等一下，須藤同學？」

「這是經過紮實鍛鍊，很棒的運動員雙腳啊。好吧，感覺的確跟女僕不太一樣……」

他用手指靠著下巴，將內心的想法原封不動地說出口。

「這樣很難為情啦！」

小野寺漲紅了臉，有如脫兔般衝出教室。

「那傢伙怎麼啦……明明用不著逃跑啊。」

我看著兩人的互動，在近距離感受小野寺明顯的變化。

看來從體育祭到今天為止的這段期間，小野寺似乎澈底對須藤抱有好感了。只不過，須藤是因為至今就算曾喜歡上別人，也不曾被人喜歡的關係嗎？或者他直到現在都不曾察覺到那樣的情感呢？感覺他沒有發現小野寺喜歡他的樣子。

如果雙方是兩情相悅就好了，但就現狀來說，無論哪邊都是單戀。

關於戀愛這方面，雖然我也沒有學習得特別深入，但知道基本上這種場面最標準的做法就是在旁關懷守望。

不過，正因如此，我的好奇心還有想看看其他做法會有什麼結果的衝動驅使我展開行動。倘若違反標準做法，兩人是否就不會成為情侶了呢？

「你不懂為什麼小野寺會擺出那種態度嗎？」

「什麼啊，難道你就懂了嗎？」

「小野寺對你抱持的感情，就跟你對堀北抱持的感情一樣。」

「啥？」

因為我的說法有些迂迴，須藤沒有立刻聽懂。

不過，現在的須藤沒有笨到一直無法理解我說的話是什麼意思。

「咦？小野寺她……對我？」

「對。」

「不不，那是不可能的啦。」

須藤似乎試著認真思考了一下，但是他認為不可能有那種事，予以否認。

這也可以說是理所當然的反應吧。

沒有任何人能把對方的內心想法當成事實加以看清。

「或許小野寺一開始也對你沒有興趣，但最近的你表現出讓人瞠目結舌的成長嘛。就算她開

始把你當成異性，也沒什麼好奇怪的吧？」

慢慢重新整理思緒的須藤，表情逐漸變得嚴肅。

「那種事情……那傢伙會看上我這種人？」

「當然沒有確切的保證。假如你想知道真相，仔細觀察小野寺並試著理解她，或許是很重要的事情啊。」

「可是啊……我——」

就算他沒有說出接下來的話，我也明白。

現在須藤的心思強烈地放在堀北身上。

所以才希望他能讓我見識一下這番多餘的發言，會讓他產生怎麼樣的變化。

會更偏向堀北，還是動搖到小野寺那邊呢？

或者是轉向出乎意料的第三者呢？

「不行，開始有點混亂了，我去逛一下攤販，順便讓腦袋冷靜下來。」

仔細思考後再給出答案就行了吧。

「清隆同學，剛才那樣……真的好嗎？」

在一旁進行準備的洋介似乎聽見了須藤跟我的對話。

「我覺得不要干涉才對。」

「是這樣嗎？我還不是很清楚這方面的事，如果我剛才說了很輕率的話，那麼對須藤實在很抱歉。」

我擺出一無所知的表情，向洋介這麼賠罪。

然後過了一會兒，我們迎向預演結束的時間。

「各位辛苦了。今天到此結束。假如為了明天的正式開幕要調派人手，我會在晚上九點前用手機聯絡你們。」

目前已經收拾和清掃完畢，明天的準備也全部結束了。

學生們已經為了明天的正式開幕踏上歸途。

留在教室裡的只剩我跟堀北兩人。

「冷靜下來之後，不管想幾次，都覺得堀北當女僕很突兀啊。」

「我也不是喜歡才這麼做的，但是人手越多越好吧？如果你的女友願意幫忙，能夠再輕鬆一點就是了。」

「抱歉，那在我的管轄範圍之外。我尊重惠的意思。」

包括我在內，佐藤他們似乎也探詢過，但惠拒絕穿上女僕裝。

雖然沒有聽說原因，與其說她嫌麻煩或是不適合接待客人，不如說是不想採取需要換衣服的行動吧。

畢竟大家未必都能理解惠的身體和過去嘛。

「開玩笑的。畢竟也不該勉強別人穿上嘛。要是她因此擺出不情不願的服務態度，也會給明天的客人留下不好的印象。」

「這個麻煩妳過目。看到今天的模擬營運後，我稍微調整了一下。」

我將筆記本交給堀北，請她進行最終確認。

「謝謝。你安排的行程表看起來沒什麼問題呢。」

堀北將視線從筆記本上抬起。參加文化祭的人有義務向班導提出申請，而且在文化祭結束前一定要插入一小時的休息時間。

在休息時間禁止去攤位幫忙，無關攤位是否很忙碌，都必須進行工作人員的調整才行。

4

在通往櫸樹購物中心的行道樹途中，一對男女互相面對彼此。

目前已經開始進行文化祭的預演，周遭看不到任何學生的身影。

「八神學弟，終於能夠好好聊聊了呢。」

「沒想到妳居然會挑在準備文化祭時不請自來。」

「不這麼做就抓不到你吧。畢竟你好像在躲我。」

即使接觸之後，八神也不願意當場坐下來談談，而是強迫櫛田過來這邊。

「見不到面只是單純的巧合喔。這麼說來，學姊好像好幾次前來拜訪我的房間呢，抱歉，我一直都不在。」

雙方都面帶笑容持續對話。

就算有人從旁目擊到這兩人，這個光景看起來也只像是感情融洽地在談天說笑。

「你真的不在嗎？還是故意裝作不在？」

「裝作不在？我為什麼要那麼做？看來學姊好像有什麼誤會呢。」

「才沒有什麼誤會喲。」

彷彿要抓住雲朵一般，不讓人抓到真面目的八神讓櫛田感到煩躁，主動深入一步。

「因為我派不上用場，你就捨棄我了──就只是這樣對吧？」

八神原本期待櫛田在全場一致考試中讓堀北或綾小路退學。無法回應他的期待之後，就再也沒接到聯絡，也難怪櫛田會這麼判斷。

「學姊還記得全場一致特別考試結束那天晚上，我有聯絡妳的事嗎？」

「嗯，當然記得喔。」

考試結束的當天晚上。

八神打電話給櫛田，從她口中得知堀北與綾小路並未退學的事情。

隨後他便掛斷電話，之後櫛田一直沒能跟八神交談。

「老實說吧。我一直以為自己被櫛田學姊討厭了。所以最近沒有勇氣與學姊見面，可能在無意識間躲著學姊。」

「夠了啦。現在才對我撒這種謊也沒用吧。」

在得知他的部分本性之後，即使裝成對櫛田抱持好意的學弟，也只會讓人打冷顫。

「失禮了。那麼能請學姊重新告訴我那一天的經過嗎？」

櫛田也差不多開始理解了。眼前這個一年級生只是以玩弄櫛田取樂而已。

他知道全場一致考試的全程經過，然後又想要玩更多的遊戲。

「我不會回答你的。」

「為什麼？至少我知道櫛田學姊為了讓那兩人的其中一方退學，確實有採取行動。但以結果來說卻是佐倉學姊代替櫛田學姊退學。我想知道的是這件事的詳情。」

「我在那場特別考試中什麼也沒做。所以在ＯＡＡ是最後一名的佐倉同學必然會遭到切割。就只是這樣而已。」

班上在全場一致特別考試時的對話並沒有洩漏到外面。

所以八神才想知道詳情。

櫛田堅持佐倉愛里是因為能力不足才會被選上，試圖推展話題。

但八神依舊面帶笑容，溫柔地將手放在櫛田的肩上。

「說謊是不好的喔。」

「說謊……？」

「自從全場一致特別考試後，櫛田學姊的慣例行程就產生很大的變化。我已經調查並掌握到學姊雖然跟其他班的學生好像還是一樣相處融洽，但是跟同班同學卻保持距離這件事。換言之，這表示學姊在那次全場一致特別考試中暴露了一定程度的本性。」

櫛田對外還是一樣以笑容對待同班同學。

然而既然班上同學比以往更常與自己保持距離，終究還是有極限。

櫛田原本只跟女生的少數小圈圈每星期一起玩兩、三次，如今現在已經歸零。

「不懂你在說什麼耶。我還是一樣跟同班同學也很要好呀。」

只是八神碰巧沒有目擊，或是他在隨口胡謅。

雖然櫛田試圖用這種方式硬拗，八神依舊面帶笑容。

「就算妳想隱瞞也沒用喔。櫛田學姊被同班同學知道了過去的一切。然後把學姊逼到這種地步的，肯定是綾小路學長對吧？」

簡直就像在班上看到櫛田他們的戰鬥一般，八神自顧自地說個不停。

他提到的不是堀北的名字，而是綾小路這點，也很明顯十分異常。

「那是你擅自的想像呢。根本不是那麼回事喲。」

「要蒙混過去是學姊的自由，不過……明明沒什麼話好說，那學姊究竟找我有什麼事呢？我還得幫忙準備文化祭，可能的話想早點回去。」

「我已經受夠了奉陪八神學弟這件事。」

「受夠了……是嗎？」

「請你再也不要跟我扯上關係，今天只是想說這件事而已。」

櫛田突然表示想結束與八神的關係。

「妳說想結束跟我的關係啊。可以理解妳的心情。畢竟櫛田學姊的過去和性格已經被班上同學知道了，事到如今逼妳讓堀北學姊和綾小路學長退學也沒用吧。」

「我懶得再一一訂正了。想擅自那麼解釋，那就隨你高興。」

「櫛田學姊真是個有趣的人呢。妳這番發言已經說出真相。而且櫛田學姊本身開始覺得投身於這個環境也不錯。所以才想結束跟我這種不可告人的關係，向前邁進。」

向前邁進——八神指謫的話語停留在櫛田內心，逐漸擴散開來。

「姑且不提綾小路學長，妳跟堀北學姊和解了嗎？」

「我也不會回答你這個問題。」

「照妳的樣子來看，是很輕易地被說服了嗎？我對妳有一點失望，櫛田學姊。」

櫛田按捺住想回嘴的心情，但怒氣還是不由得湧現上來。她依舊討厭堀北。

「我——！」

「啊啊，夠了。妳可以不用再多說什麼。因為我一看就知道了。」

八神彷彿在打發人的態度，欠缺了一部分像以前那樣的禮貌。這讓櫛田感到非常詭異，但她不能在這時表現出軟弱的一面。

不如說可能是因為她一直在跟綾小路、龍園和天澤這些不普通的人接觸，所以明顯地比一般學生更具備抗性。

櫛田一邊對這樣的自己感到驚訝與有所體會，同時表現出堅定的態度。

「我跟你就到此為止。我們沒有任何關係——這樣就行了吧？」

「請學姊放心。妳是在擔心我會不會到處揭露妳的過去對吧？所以才會像這樣來提醒我，順便觀察情況對吧？」

「沒錯。要是你到處亂說，我的傳聞就會傳遍全校了。」

「既然這樣，能請妳聽從我說的話嗎？」

「我也一樣握有你的弱點。我會把關於你的所有祕密都爆出來喲。像是你為了讓綾小路和堀

北退學而利用我，還有長得一副正人君子的模樣，卻在做些殘酷無情的事情。」

櫛田不曉得這是否構成威脅。

儘管如此，倘若要使用現在擁有的武器，櫛田能保護自己的手段就只有這個。

「妳反過來威脅我嗎？那麼我會銘記在心，話已經說完了嗎？」

不曉得威脅是否發揮作用，八神結束話題，邁出步伐。

「畢竟我是一年B班的領袖，在文化祭有很多事情要忙，先失陪了。」

「別忘記喲，八神學弟。只要你遵守約定，我也不會背叛你。」

八神在最後露出微笑，就那樣以輕快的腳步消失到視野之外。

「……如果這樣能讓一切結束就好了……」

在櫛田一廂情願地這麼期望的同時，也有一種事情不會就此結束的直覺。

那麼該怎麼做呢？

就這樣眼巴巴地在旁等待嗎？還是該主動出擊呢？

「不行，就憑我無法阻止八神學弟。」

到目前為止，以堀北為首，自己曾向各式各樣的對手挑戰，但屢戰屢敗。

必須捨棄可以光靠自己應付的天真想法才行。

櫛田痛切地感受到自己是孤獨一人。不過儘管如此，狀況還是有了很大的變化。

對方確實小看櫛田。不只是表面，而是打從心底瞧不起她。

櫛田有自信自己很擅長看出這種事。

「在跟那傢伙戰鬥前，我有應該做的事。」

櫛田知道該解決的問題不是只有八神的問題。

雖然她完全不打算變回以前那個溫柔的模範生，但為了在班上維持穩定的地位，必須表現出明確的貢獻才行。

櫛田桔梗很清楚讓自己活下來的方法。

5

深夜，我接到一通電話。

「坂柳，妳會主動打電話給我還真是稀奇啊。」

坂柳在電話的另一頭稍微發出笑聲。

『或許的確是那樣，現在方便打擾你幾分鐘嗎？』

「不方便我就不會接電話了。」

『原來如此。那就立刻進入正題吧。綾小路同學理所當然會參加文化祭呢。家父似乎很擔心是否會有外部人士趁機來帶你回去。』

「我稍早之前有接到理事長的電話。雖然他說我這次最好考慮在文化祭當天請假，但我鄭重拒絕了。」

上次的體育祭也是，如果不是為了讓坂柳請假，我恐怕也會出席吧。

『你不害怕嗎……不，這問題很愚蠢呢，我稍微換個問法。莫非你認為相關人士不會趁這次機會採取行動把你搶回去？』

否則我不明白你特地投身於危險之中的意義——坂柳這麼說道。

「單純是與實際損害衡量過後的決定。如果只靠體育祭與文化祭就能解決一切，請假也是不錯的辦法。但是這之後還有教育旅行。也沒人能保證明年的體育祭和文化祭不會有觀眾。要把自己封閉在殼裡很簡單，然而要是因為這樣失去許多機會，那就更傷腦筋了。」

『也就是說你想在剩餘的校園生活中，儘量體驗以學生來說理所當然的事物呢。』

是在一定程度上能夠接受嗎？坂柳像是恍然大悟似的點頭回答。

「而且我還有其他目的，不想浪費這個機會。」

『既然是這樣，我就不再多說什麼了。我認為照你所想的去行動是最好的辦法。』

雖然很在意文化祭的事情，但探聽詳情也是禁止事項。那個節目純粹是用來獲勝的內容，還是他們不計較輸贏了呢？抑或是有其他目的？

如果我開口詢問，坂柳也有可能會回答，但那樣就變成另一件事了吧。

無論做出什麼選擇都看A班怎麼決斷，第三者沒有權利決定那是否正確。

『但所謂的意外事故就是不曉得何時會發生。就算文化祭平安無事，也不知道下次會如何。假如你碰到什麼麻煩，請隨時來找我商量喲。』

「妳還真是親切啊。」

『畢竟直到再次對戰為止，都不能讓你消失嘛。』

「我會盡力而為。」

『那麼近日再見了，晚安。』

坂柳不多說廢話，說完這句話之後便結束通話。

文化祭當天

經過漫長的準備期間，終於到了文化祭當天。

開始時間是早上九點，然後學生有在八點半前到校的義務。

而且校門從早上六點開始就會打開，倘若有必要，也能夠一大早就開始準備。我跟堀北兩人於是約好早上六點在宿舍大廳碰面，一起前往學校。

因為正式開幕時可不能出現任何問題，所以要事先進行最終確認。

我們一會合，堀北的視線就看向我手上拿的箱子。

「早，該不會那個紙箱就是你之前說的東西？」

「讓妳硬擠出預定外的預算，真是抱歉啊。」

「金額不是很大，沒什麼影響喲。原本我們二年級生就有給予一人五千點，是可以自由運用的資金。」

雖然人數不多，但從一年級到三年級都有跟我們同樣想法而提早前來的學生，我們也跟他們擦肩而過。

我先到教室一趟，把手上拿的箱子放在教室，然後來到女僕咖啡廳。

「你看到松下同學傳的訊息了嗎？」

「我確認過了。正因為她是帶領女僕咖啡廳走到現在的核心人物之一，肯定很難受吧。」

我一早就接到松下的聯絡，說她因為身體不適的緣故，不得不請假休息。

「但是個英明的決斷喲。」

如果只是輕微發燒，或許還能硬撐一下，然而她似乎出現明顯的咳嗽等症狀，無法把需要接待客人的工作交給她。

話雖如此，就算調派到其他位置，不僅無法把負荷太重的工作交給松下，而且要是把感冒傳染給其他人，在文化祭結束後也會對班上造成影響。

「而且事前準備就是為了應付這種情況喲。」

光是調派人員還不夠，也必須在某處填補欠缺的必要人員。

「這麼說來，你聽說了嗎？有人在傳洩漏女僕咖啡廳情報的人，會不會是長谷部同學和三宅同學他們。」

「好像是呢。但在初期就能預料到會變成那樣了吧。」

我早已從跟女生交流較深的惠口中聽說了這個情報。

「……也是呢。不過放著他們不管當真是對的嗎？」

「傳聞只是傳聞。實際上並不是波瑠加與明人洩漏情報。」

無法幫助波瑠加他們這點，讓堀北露出自我厭惡的表情。

「最好不要輕易地表現出軟弱的表情，那樣只會讓對手有機可乘喔。」

「你無論何時都很冷靜呢。即使是當事者，也彷彿事不關己一般。」

我發現堀北像在確認表情似的看著這邊。她的觀察持續了五秒、十秒，回過神時，只見她蹙起眉頭，變成一臉複雜的表情。

「我有些事情想問，你跟一年級生平常算是有交流嗎？」

「一年級生？不，沒有呢。我偶爾會跟七瀨或天澤聊聊，就只有這樣。」

明明我幾乎不會主動去找她們，總覺得不能說是有交流。

「妳想問的就是這種事？」

「也沒什麼關係吧……」

「要說交流，妳又是怎麼樣？在學生會也會跟一年級聊天吧？」

「嗯……也是呢。跟學弟妹們互動的機會也慢慢變多了。」

學生會從今年的一年級生裡錄用了大約三個人。唯獨二年級生長期以來一直只有一之瀨，姑且不論品質，以人才數量來說明顯不足。雖然最近多了堀北加入，但為了填補人手不足這點，才會進行這樣的人數調整吧。

學生會沒有限制人數，不過一般來說，成員似乎大多是八到十二人。這所學校的學生會目前有三名三年級生、兩名二年級生、三名一年級生。似乎可說是保有接近一般學生會的形式。

「我一開始覺得這是浪費時間。如果要做學生會的工作，不如待在房間念書，對自己還比較有幫助。老實說那種想法現在也並非已經消失。」

那種感覺是浪費時間的事情，應該不只有學生會的工作吧。

無論是社團活動或和朋友交流，基本上都是不斷在浪費時間。

即使當中也有從社團活動變成職業選手、跟朋友交流而確定將來的工作等情況，但對大多數人而言，那些事情只會變成過去的回憶，除此之外什麼都不是。

另一方面，若是勤奮向學，很有可能對將來有莫大的助益。

是學生能夠選擇的選項中，最穩定安全的一個。

「在無謂當中也有許多應該學習的事物，我開始明白這點了。」

「畢竟妳哥以前也是學生會長嘛。」

「哥哥的情況跟我不同。他完美地完成學生會的工作，同時在學業方面也一直留下無可挑剔的成果。他從來不覺得學生會是個重擔，或是為了自己不夠用功感到苦惱吧。」

即使不曉得實際情況如何，堀北學總是游刃有餘嘛。

我想他還是有付出流血流汗的努力，但不會無所作為地表現給別人看。

「倘若只看結果，我很感謝你。因為加入了學生會，我開始能看見以前看不見的東西。」

堀北坦率地說出感謝——才這麼心想時，她又接著說道：

「這讓我重新認識到哥哥的偉大，雖然多餘的工作也跟著增加就是了。」

「要是妳能老實地只表達感謝就好了。」

「也得請你承受多少會有的不滿和牢騷才行呢。」

「學對妳而言是很艱難的目標這件事，我也感到同意與同情。」

如果只論純粹的學力還有身體能力，我可以斷言自己不會輸給學。

然而前提是依照這所學校的規則，而且學跟我同年級——

儘管這是不可能發生的事，但不曉得會變成怎樣的戰鬥吧。

學的確具備讓我這麼認為的力量。

1

我們在特別大樓的女僕咖啡廳迎接早上九點，只見時間一到，就傳出給全校學生的廣播。

來賓們從正門踏入校內，文化祭正式宣告開幕。

「怎麼辦，我開始緊張了……」

「畢竟自從進入這所學校後，就沒跟外面的人接觸了。」

可以聽見並肩站立的篠原與池這樣的對話。

長期置身於封閉的環境中，或許的確會讓人加倍緊張。

另一方面，佐藤等女僕組則是因為松下缺席，一直在討論如何換班。

雖然無論如何都會增加各自的負擔，她們總算討論完畢怎麼調整時間了。

身穿女僕裝的佐藤不安地雙手交握，不過她立刻為了找回自信，用手拍了拍自己的雙頰。

「加油吧……我要加油！」

「小麻耶一定沒問題的。我也會好好地從後方提供支援。」

負責在後台幫忙的惠這麼說，開朗地鼓勵著佐藤。

「嗯，我會努力看看！」

自從跨越重大的緊要關頭後，兩人的距離真的縮短了。

她們作為彼此摯友的關係，今後不會因為一點小事而輕易崩壞吧。

其他必須擔心的成員則是……

我環顧周圍，更進一步地觀察其他學生的情況。

須藤等部分男生並沒有在聽廣播的內容，而是以洋介為中心進行最後的討論。

關於在人滿為患或發生糾紛時的對應策略，必須先統一大家的步調才行。

在大致上指示得差不多時，我發現學生人數少了兩個人。

隨後我和堀北對上視線，彼此所想的事情應該一樣吧。

她走近這邊，小聲地向我搭話：

「長谷部同學和三宅同學好像不見了。」

「大概也不是去上廁所吧。」

其他學生光自己的事情就忙不過來了，好像還沒有察覺到這件事。

「雖然一直覺得可能會在這次文化祭發生什麼事……」

「如果他們只是單純蹺班，反倒應該謝天謝地嗎？」

對於打從一開始就沒有把他們算進戰力的堀北來說，如果他們只是不幫忙，那麼完全沒有必要緊張。

但是，假如他們採取惡意干擾的動作，就另當別論。

「加上還有那個傳聞的緣故，也可能變成火上加油呢。」

「如果他們不僅洩漏情報，還在文化祭時蹺班，就有充分的理由責怪他們了吧。」

「我原本覺得只能靠時間來解決，所以一直守望到現在……果然該早點採取對策嗎？至少應該先消除掉傳聞。」

「我明白妳想說什麼，但今天得集中精神在文化祭上。」

「這樣就行了嗎？」

「就算能夠消除傳聞，也無法抹消那兩人溜出去的事實。而且還留有他們用其他方法在文化祭上給班級困擾的可能性。」

要是在抱持好幾個不安因素的狀態下隨便擁護他們，恐怕會招來多餘的反感。應該等到可以確實判斷波瑠加他們不是敵人的時候，才站在他們那邊。

「……也是呢。」

雖然堀北內心還是有些牽掛，但她像是要甩開雜念一般，咳了一聲清喉嚨。

「我決定相信你能高明地應付長谷部同學他們。」

我用視線回答堀北，出去迎接來賓們。

2

「歡迎光臨～！」

佐藤活潑的聲音迴盪在教室——不，是女僕咖啡廳裡面。

與此同時進入店裡的第一號客人，是推測年約四十幾歲的男性來賓。

在店裡蓄勢待發，總共六名的女僕們一起展現出和訓練時一樣的應對。

「這邊替您帶位。」

聲音充滿活力，不過佐藤還是有些緊張，動作較為僵硬。

儘管如此，多虧前一天有進行排練，她沒有犯下什麼太大的失誤，將客人帶到座位上後，便拿著菜單和冰水前往客人的座位。

要找回練習時的動作，只能讓她們反覆接待客人，漸漸習慣吧。

之後即便速度較為緩慢，來賓們開始陸續增加。

雖然年齡層大同小異，有時似乎也會有推測是來賓家人的十幾歲男孩和女孩一臉害羞似的上門光顧。

「算是有個很棒的開頭嗎？」

儘管沒有一下子就客滿，幸好空位也沒有多到引人注目的地步。

散布在校內各處的同班同學們會隨時傳送訊息和報告到我的手機。

像是人群都集中在哪邊的攤位，還有哪裡比較冷清。

既然到文化祭結束為止都不清楚各班的營收有多少，就只能靠我們自己去收集情報了。

所幸每個學生都需要有一小時的休息時間，因此總是會有一定數量的空閒學生。

正因如此，當然也有人來盯著我們班進行偵察。
我暫時守望室內的情況，然後決定去看看走廊的樣子。
似乎已經有許多來賓造訪比較遠的特別大樓，就映入視野的範圍來看，來賓的數量比在校生還要多。
假如有那個男人派來的手下，也有可能已經進入我的視野。
對方總不可能沒有做任何事先調查，當天才四處奔波尋找我的蹤跡吧。
但是，目前還沒有看到任何可疑人物。而且在擠滿這麼多大人、學生與小孩的狀況下，要跟我接觸也不是一件簡單的事情。
現在比起那些傢伙，更應該著眼於在校生們。
坂柳班的吉田毫不掩飾地窺探女僕咖啡廳裡面的情況。
目前感覺不到龍園班學生的氣息，但應該也會在不久之後前來確認狀況才對。這時教室的門猛然打開，池和本堂匆匆忙忙地從裡面出來。
「馬上就有人點餐了。我們去一下攤販那邊取餐！」
「那是沒問題，但麻煩你們再稍微冷靜一點應對。」
部分來賓驚訝地在想發生什麼事。
「啊，對喔。抱歉……！」

不該讓客人和可能成為客人的來賓們看到店員手忙腳亂跑去取餐的光景。

被我提醒的兩人互看一眼並點了點頭，即使走得有些快，依然邁步前進。

畢竟是第一次取餐，動作可不能太慢嘛。

今天只要有人點餐，就會一直重複這樣的往返。

「綾小路。」

聽到有人叫我的名字，轉頭一看，只見神崎走近這邊。

「看來你們很快就生意興隆了啊。」

雖然預演時沒有特別注意，但我記得一之瀨班是甜點類的攤位。

他們販售許多可麗餅和巧克力香蕉之類的東西。

「你們呢？」

「很受小朋友歡迎。但大人們感興趣的程度比想像中還要糟糕，能否在營收方面名列前茅，感覺很微妙啊。」

「你們好像會陷入苦戰，不過你的臉色看起來不錯呢。」

「或許……是吧。」

看來他跟姬野採取行動後的第一步，說不定進行得很順利。

「我接下來要去體育館。這也是為了今後，想從三年級生那邊把能學到的都先學起來。」

「這樣啊。回頭見。」

目送神崎的背影離開後，我回到女僕咖啡廳，決定開始進行作業。

話雖如此，在迎接「正午」到來前，我出場的機會並不多就是了。

為了可以隨時對應各種麻煩，我用隔板在教室的角落劃出一塊狹窄的休息區，在那裡待命。

此外，如果有客人想要拍照時，我也會負責擔任攝影師。

過不了幾分鐘就有第一份拍攝工作上門，看到有人打頭陣之後，客人們接二連三地開始希望拍照。

我不會說完全沒有想要跟高中生製造刺激回憶的大人，但應該當成這些來賓們是按照這所學校的宗旨，願意大方地花錢比較好吧。

好像也有不少人認為就某種意義來說，這也是工作。

儘管如此，對話與笑聲仍慢慢地在女僕咖啡廳裡蔓延開來，開始展現出彷彿隨處可見的咖啡廳般熱鬧的一面。

「請幫新客人帶位。」

堀北不帶感情的聲音傳入笑聲飛舞交錯的教室中。

「一位客人這邊請～」

佐藤立刻為了接待客人走近這邊，然後誘導客人到空著的座位上。

「那麼……我再去招攬客人。」

不擅長笑臉迎人的堀北負責在戶外幫忙宣傳。

她為了吸引客人注意而打扮成女僕，但是本人完全沒有笑容。

如果這是真正的女僕咖啡廳，總覺得堀北面試合格後，會在研修期間遭到開除。

唉，前提是堀北會去參加女僕咖啡廳的面試，感覺她不可能那麼做就是了。

3

文化祭開始後將近兩小時，女僕咖啡廳維持著和預定一樣的客人數量。

重點在於能夠消化掉多少進貨的商品。尤其是大量進貨的底片，一張成本大約要七十點。

底片目前看來很順利地在減少，拍立得相機跟負責拍攝的我忙碌地在教室內跑來跑去。

關於要價將近九千點的拍立得相機，考慮到萬一故障時的情況，另外還有一台備用機，所以花在拍攝器材上的投資額絕對不便宜。

「有客人要拍一張照片～！」

女僕們的聲音在店內響起，我拿起相機，從休息室動身前往。

這次的客人希望跟小美拍照，負責結帳的市橋立刻用手機收取點數，讓客人完成付款。

「來，笑一個！」

我拍下露出害羞笑容的小美與客人的合照後，確認從拍立得相機出來的照片。

「果然嗎……」

在拍攝的瞬間就覺得好像失敗了，果然不小心在小美閉上眼睛的瞬間按下快門了。

「唔唔，對不起，綾小路同學……」

「別放在心上，再拍一張吧。」

會成為紀念的一張照片，就算客人的表情多少有些問題也無所謂，但可不能把女僕表情有問題的照片交給客人。

這除了是顧慮到客人的心情，同時也是在顧慮小美等女僕。

以女生的立場來說，不可能接受把不上相的照片提供給客人。

正因如此，即使花八百點就能拍一張照片，根據情況可能會需要用上兩張或三張底片。

因為第二次拍攝很成功，我將成功顯影的照片親手交給客人。

拍攝結束後，我又立刻快步回到休息室。

唉，從早上開始就一直重複這樣的行動。

話說回來——

有許多政治相關人士出席的這場文化祭，對那個男人來說是個好機會。
縱然周圍人山人海，我原本推測他應該會採取某些對策來設計我。
這點坂柳理事長應該也是一樣。
然而即使時間將近正午，也沒有要發生任何變化的樣子。
這讓我想起自己跟月城，還有在體育祭時拜訪我的神祕學生之間的對話。
『但無論有多麼優秀，終究還是個孩子。你最好理解到那個人是把你這種強大的實力也算進去，才將我送進來的。』
『排除掉月城後，只要再排除掉White Room學生，就會恢復到和平的日常——我在想你是不是有這樣的誤會，才來給你忠告的。』
如果稍微強硬一點把這些事情連結起來，認為那個男人理應會透過文化祭，不是靠學生而是憑藉大人的力量來排除我，是很自然的想法。
實際上，他都利用月城強硬地實施文化祭了，理所當然會發展成那種情況。
他會故意反其道而行，放過這個大好機會嗎？

不，這果然是反其道而行之前的問題。

放過好機會。當然，文化祭還沒有結束。

假如他在這時完全沒有採取任何行動。

那並非什麼單純的怠慢——

「綾小路同學，怎麼辦，大吉嶺紅茶好像沒了！」

看到小美一臉慌張地跑到我這邊，我暫且中斷思考。

先盡全力解決眼前的問題吧。

我們準備了好幾種紅茶，使用高級茶葉的大吉嶺很快就賣光了。因為是要價一千兩百點的高額商品，我們在討論之後決定只進最低數量就好，然而出乎意料地暢銷啊。

相反地比較省事，用茶包沖泡的便宜紅茶則是乏人問津。

我們不可能在文化祭當天補買材料，所以無法馬上讓庫存復活。

「立刻在所有菜單貼上售完的貼紙，放在外面的看板我會用手寫的方式修正。」

「唔、嗯。」

我立刻拿著奇異筆訂正放在咖啡廳入口處，寫有菜單的看板。

無論哪邊都是在百圓商店購入的便宜小道具，但都派上了用場。

「這樣就行了。」

我在大吉嶺紅茶那邊寫上「因廣受好評已售完」的文字加以強調。雖然目前售完的品項只有這個，這樣也是一種宣傳女僕咖啡廳大受歡迎的方式吧。

隨後，有一隻手從我的左後方伸過來。

映入眼簾的不是制服，而是西裝布料。

「不要轉頭，收下這個。」

對折的白紙因為從窗戶微微吹進來的風而晃動。

正當我心想或許不會有接觸的時候，就碰上這種事了嗎？

要無視不准轉頭的命令很簡單，但我默默地收下那張紙。

沒讓我感受到任何氣息就靠近到這種距離的對手，絕非泛泛之輩。

「可以問你的名字嗎？」

「你無須知道。」

我一抓住紙張，左手便立刻從我的視野當中消失。

暫時維持這個姿勢，於是有另一個氣息靠近。

「清隆同學，怎麼了嗎？」

看來是洋介有些掛心沒有立刻回去的我，從教室走出來。

「抱歉，有迷路的來賓向我問路，剛剛在幫忙解答。發生什麼麻煩了嗎？」

「上菜速度開始跟不上點餐速度了，攤販那邊的生意好像也比想像中更好。」

「原來如此，開始忙不過來了嗎？我馬上過去。」

確認洋介離開後，攤開右手緊握的紙張。

『我來迎接你了，要怎麼做由你自己決定。我在正門等你。』

還貼心地附上電話號碼。

要怎麼做由我決定？

假如他認真地要讓我選擇，難道他以為我會選擇回去嗎？

不清楚這張便條紙具備多大的意義。能夠確定的只有把這張紙交給我的至少是跟White Room有關的人這件事。

他判斷無法直接訴諸武力，打算交給我自己判斷嗎？

他到目前為止沒有採取任何手段這點，說不定也跟這個內容有關係。無論如何，想再多也沒用。我將紙張揉成一小團，丟進嘴裡吞了下去。

紙張原本就是植物，主要成分是纖維。因為不具備分解酵素，所以無法消化，會原封不動地排出體內。就算有第三者撿到這張便條紙，應該也不會出什麼問題，但粗心地一直放在身上，也可能會帶來某些壞處。既然是沒辦法隨便行動的文化祭，迅速地用這種方式解決，不用煩惱善後處理，既輕鬆又省事。

4

文化祭開始後經過三小時。

時間迎向正午，彷彿要跟一早就前來學校的家族替換，是新的來賓們蒞臨的時候。我接到出外偵察的池等人的報告，前往玄關附近。

「就是那個，那個！」

池指著的前方，可以看到幾個龍園班的女生大聲吶喊：

「我們二年C班現在正和二年B班以概念咖啡廳競爭營收！我們要是輸掉，就會有人被迫負起責任退學也說不定！」

與基本上一直面帶笑容、用開朗的態度接待客人的眾多學生不同，她們散發出明顯較為異樣的氛圍。

用悲痛的表情大聲吶喊的模樣，讓許多來賓停下腳步。

「能不能請各位大發慈悲幫忙捧場呢！拜託大家了！」

她們接著發放推測是之前一直在製作的傳單。我向拿到了其中一張傳單，大約國中生年紀的男生搭話，請他讓我看一下傳單內容。

只見上面詳細記載著設立在特別大樓二樓的和服概念咖啡廳的內容，但完全沒有提及菜單等費用。相對地在傳單上大肆主張對決這件事，用力宣傳這是一場絕對不能敗北的戰鬥。

「欸？欸？這很不妙吧？」

那些女生們逼真的訴求，讓人很難想像是隨口胡謅的。

十之八九是龍園威脅同班同學，要是輸了可能有人要退學吧。

「龍園那傢伙真的打算讓某人退學嗎？」

「這可難說。那種可能性應該很低吧。如果是因為懲罰而強制退學也就罷了，若是在未經同意的情況下以威脅的方式讓人退學，可是個大問題。實際上只要遭到威脅的學生向校方提出申訴，反而是龍園的立場會變得岌岌可危，而且班級點數肯定會暴跌。」

「既然這樣，表示他們在說謊嗎！現在就過去叫他們住手吧！」

「沒用的。他們班上的同學非常畏懼那1％的恐怖。而且仔細聽她們的話語就能知道，她們只是說『會有人退學也說不定』。」

換言之，來賓們也無從判斷她們是否在說謊。

光是讓兩班對立還嫌不夠，甚至接二連三地使出下一招，這實在很像龍園的作風。

最好認為他們比起進入前四名，更會為了拿到第一名採取行動吧。

「假如輸掉了，就會被搶走個人點數一百萬點對吧？很不妙耶！」

雖然很想告訴抱頭苦惱的池用不著擔心，但讓大眾看到她們當真感到畏懼的模樣是很重要的事。這場對決的重要性會變得更加鮮明。

「怎、怎麼辦？」

「如果對方打算這麼做，我們也只好用類似的戰略應戰了。」

「你是說威脅同學退學嗎？」

「不是用威脅。而是我們身為二年B班也要宣傳我們班傾注全力在這場概念咖啡廳對決上。我也做好宣傳的準備了。」

「咦……？準、準備是指？」

「打開請你們拿來的紙箱看看吧。」

我讓本堂與外村放下他們抱著的紙箱，請他們拆掉牛皮紙膠帶。箱子裡是一堆傳單。

「這是……！跟他們很類似的傳單嘛！」

「如果有必要，原本也計劃分發鼓勵來賓們上門光顧的傳單。雖然被對方先發制人了，還是可以充分發揮效果吧。」

堀北班與龍園班準備的傳單在眨眼間就傳遍學校。學校裡的人都知道二年B班與二年C班正在單挑。

這麼一來，大家就會擅自想像我們透過單挑進行一場巨大的賭注。

只要知道這場對決，就會產生一種無論哪一班都背負類似風險的錯覺。

根本沒有必要特地威脅同班同學。

「接下來請你們召集有空的女生，一起分發傳單。」

「我、我知道了！立刻去通知她們！」

我請本堂他們直接向班上同學傳達這個消息。

然後除了事先決定好的發傳單地點外，也同樣通知營運攤販的男生們，讓大家知道兩班正在對決這件事。

「聽說了嗎？堀北班跟龍園班好像賭上一大筆錢在對決耶。」

「我聽說輸掉的那班領袖要退學耶？」

兩班單挑的話題似乎也開始傳入沒有任何關係的一般學生耳裡。

臆測變成傳聞，傳聞勾起臆測。

「我先回去了。如果又發生什麼事再告訴我。」

負責配送餐點的池等人應該能隨時察覺到情況的變化。

我將這方面的事情交給可靠地點頭答應的他們，回到特別大樓。

回程途中，在沒什麼人經過的走廊角落發現手握傳單的和服女生。

「看看喔～」

她將傳單遞給不時路過的大人的模樣，讓人想起偶爾也會在櫸樹購物中心看到，毫無氣勢地分發面紙的沒精神大人。

只是平淡地在發放規定的數量——看起來就是這副模樣。

「給我一張吧。」

「謝了。」

似乎沒有注意到我的存在，對方小聲說了一句感謝？並將傳單遞給我。

但在我接過傳單的時候，對方終於察覺了，雙眼看向我。

「呃。」

「伊吹，原來妳在這種地方發傳單啊。」

「少囉唆，快走開啦。」

她露出不想被看到的人看見的表情，移開視線。

「我之前有聽說，妳姑且還是老實地遵守約定了嗎？」

曾經聽說她在勝負中輸給龍園所以得穿上和服，實際目睹後比我想像得還要適合。

「這就是佛要金裝，人要衣裝嗎？」

雖然她狠狠地瞪著我，但她似乎不是很懂這番話的意思，讓我放心了。

「沒什麼。」

在這種沒什麼人的地方發傳單，要將所有傳單發完也不容易。

「妳應該換個地方發比較好吧？我看到山下他們在對面發傳單。」

「你在說笑吧。為什麼我非得跟那群傢伙聯手才行？」

儘管早就知道會這樣，但她立刻拒絕我的建議。

「你可以把這些傳單都帶走嗎？」

「這可辦不到。」

「要不乾脆塞進垃圾袋裡丟掉算了……」

伊吹俯視著看不順眼的一疊傳單，顯得十分嫌棄。

即使她嘴裡這麼說，仍沒有付諸實行，是為了好好地接受落敗的懲罰吧。

自己獲勝時會強迫對方履行諾言，敗北時就選擇逃避。

要是那麼做，今後就別想跟龍園或其他對手提什麼一決勝負了吧。

「順便問一下，妳跟龍園的對決是比什麼？」

「我是希望單挑打一場啦，但因為那傢伙的提議，玩了卡牌遊戲。」

「卡牌遊戲？妳是說撲克牌之類的嗎？」

「唉，很類似啦。」

勝負的內容本身無關緊要，龍園主動提議這點讓我感覺哪裡不太對勁。

搞不好伊吹是掉入他巧妙的陷阱也說不定。

總之，再繼續妨礙伊吹也不好。

「我等一下會幫忙散播妳在這裡拚命宣傳的消息。」

「別到處散播啦。我要揍飛你。」

「嘖！」

在她的衣服「咻！」地一聲搖晃起來的同時，犀利的踢擊襲來，因此我連忙避開。

「這麼說來，咖啡廳的招呼是『老爺，歡迎回來』嗎？妳試著說說看吧。」

「你願意用臉接我一腳，就說給你聽。」

「我還是立刻死了這條心吧。」

她稍微抬起腳威嚇，因此我垂頭喪氣地離開現場。

回到女僕咖啡廳時，直到剛才還有些悠哉的狀況不知上哪去了，許多客人蜂擁而至並開始排隊，這是今天最多客人的時候。

堀北也去幫忙整理排隊隊伍，誘導客人進場。

「傳單好像很順利地開始發放了。」

「是啊，接下來妳跟龍園的班級應該會一口氣拉開與其他班的差距。」

「一切都按照你的計畫在進行呢。」

「在這當中添加獨特色彩的並不是我就是了。」

我跟堀北互相點了點頭，前去面對各自的崗位。

5

可說是文化祭主流節目的女僕咖啡廳。然而因為龍園很早就採取行動，昭告天下一事反過來奏效，除了龍園班以外沒有其他班級跟風，我們能夠有效地以這個主題招攬客人。這件事本身值得高興，但現在發生了練習時沒有出現過的問題。

就是因為拿兩班對決當宣傳，陷入客人瞬間暴增太多的窘境。

教室裡的座位已經坐得滿滿的，再繼續塞人進來只會讓人更加呼吸困難而已。這下只能讓客人排隊等候，可是原本女僕咖啡廳的翻桌率就不算快。

讓客人享受扮成女僕的學生跟大人們的對話，是不可或缺的要素。

一般來說，這種時候會想到的方法是發放號碼牌，請客人晚點再過來之類的。

但在文化祭上，那未必能說是個好辦法。

假設手上的資金剩餘大約三千點的客人拿到號碼牌，請他一個小時後再過來，他會怎麼做呢？應該也會有客人老實地照辦吧，不過大部分人都會在等候時間把錢花在其他攤位上。

回過神時已經花掉將近三千點，因為沒錢花在女僕咖啡廳上，就會直接打道回府。這也是非常可能發生的情況。

正因如此，才希望這些客人直到進入店裡消費為止，可以繼續排隊等候。

還有如果可能的話，想要吸收他們原本預定花在其他地方的點數。

「很不妙啊。等得不耐煩的客人開始離開排隊隊伍了。」

原本選擇承擔風險，打算獲得龐大回報的企圖亮起黃燈。

現在只能暫且阻止新客人在隊伍最後面繼續排隊嗎？

「綾小路同學，我可以暫停外場服務的工作一下嗎？我有個想法。」

正當我想前往隊伍最後面時，櫛田這麼向我搭話。

她有些在意情況，才會過來看看吧。

「妳打算怎麼做？」

「等待的客人只是覺得無聊，對女僕咖啡廳還是抱持著強烈的興趣。但是他們的肚子應該也餓了，所以難怪會不想繼續排隊。」

「是啊。」

因為正好碰上中午時段，觀察目前身在教室裡面的大人們，也可以明顯看出很多客人的目的是用餐。櫛田拿起一個袋子，裡面裝著我們事先準備當成伴手禮販售的手工餅乾，她拿著那包餅乾邁步前往走廊。

然後面帶笑容向感覺快要不耐煩的客人搭話。

「讓您等這麼久，真對不起。」

接著她從袋子裡拿出一塊餅乾，開始發放給等候的客人。

讓客人稍微填一下肚子也是目的之一吧，但不只是這樣而已。

一旦收下那塊餅乾，在離開現場時就會產生罪惡感。

如果櫛田不在現場，即使多少有點罪惡感，要逃離排隊隊伍應該也沒多困難吧，然而櫛田本人一直待在這裡，面帶笑容地不斷向客人搭話。

既然拿了人家的餅乾，即使等到有些煩躁，想要脫隊也變得不是那麼容易。

雖然櫛田離開外場也有所損失，但是已入座的客人可以確定他們會進行某種程度的消費。

現在設法留住之後會生財的客人比較重要吧。

不僅比任何人都更清楚店裡的狀況，也明白有效活用自己本身的方法。

該做些什麼才能讓多一點人站在自己這邊？

與異性的大人縮短距離，聊些讓對方心情好的話題，有時再搭配握手等肢體接觸。對於這些行動也不會表現出任何抗拒或厭惡。今天一整天其他女生也一直都很努力，但是能夠將這些要素全部完美達成的只有櫛田。

有時到櫃台幫忙結帳時，她算錯錢的機率也無限接近於零。

而且她一次也沒有參加過實戰形式的練習，可以說完全是天賦異稟吧。

「櫛田同學澈底發揮她的本領呢。」

洋介像是要表示他的欽佩一般，看著櫛田勤奮工作的模樣點了點頭。

「到目前為止一直處於逆境的櫛田本人跟袒護她的堀北，感覺這下多少也能順利一點。」

看到她立下這麼大的功勞，在某種程度上也只能認同。

「人類是會輕易怨恨別人的生物，相反地也是會輕易認同別人的生物。尤其在年輕時對別人的評價，就彷彿硬幣正反面一樣變來變去。從正面變成反面，然後現在又變回正面。只不過因為被折騰不少次，大概會覺得她是個令人疲憊的存在吧。」

「就算這樣，我也無所謂。只要櫛田同學能夠跟班上的大家團結起來挺身而戰。」

「在旁看著真的會很佩服她呢。沒有練習就直接上場，竟然能夠這麼完美應對嗎？」

「我覺得這是日積月累的努力喔。在文化祭的準備期間中，櫛田同學似乎好幾次在深夜造訪堀北同學的房間，應該是去練習的吧？」

也就是說除了天生的才能，私底下也在紮實累積練習經驗嗎？

假如洋介的猜測是正確的，這也會讓人重新認識到櫛田的厲害之處。

也可以證明堀北為何有自信不用擔心櫛田。

然後我回到休息室，帶著相機到處奔波大約三十分鐘。

「那個，綾小路同學，你知道櫛田同學在哪裡嗎？」

忙碌的小美過來這邊露面。

「櫛田？她應該一直在走廊整理排隊隊伍。」

我也有向女僕們傳達這件事，不過——

「有客人想跟櫛田同學拍照，但我們沒看到她。」

應該在整理排隊隊伍的櫛田不見蹤影？

我和洋介立刻看向走廊，確實沒有看到櫛田的身影。

「不好意思，請問您有看到剛才在這邊整理隊伍的女生嗎？」

洋介向正在排隊的來賓搭話。

「喔，你是說那個發餅乾的女生嗎？她好像被同校的女生搭話，跟著對方走了。大概是五分鐘前的事。」

「是怎樣的女生呢？」

我插嘴詢問關於向櫛田搭話的人物的詳情。

「嗯——我想想，是個把頭髮像這樣綁成兩束的女生呢。」

洋介一時之間似乎沒有頭緒，但我很清楚可能是誰了。

「不好意思，麻煩你幫忙顧一下店。還有幫我指示其他女僕依照櫛田剛才的做法，留住排隊的客人。」

這就是出乎所有人預料的麻煩啊。

正因如此，我才能立刻理解這是必須由自己處理的問題。

6

在有眾多男女老幼進入校內的文化祭中，要找出特定人物相當困難。

更不用說是無法預測究竟會上哪裡去的對象吧。

我一邊操作手機，一邊對那壓倒性的情報網發出讚嘆的嘆息。速度之快與正確程度都讓人佩服不已。因為聯絡後還沒過幾分鐘，就拿到了定位資訊嘛。

不是在櫸樹購物中心也不是在宿舍那邊，而是位於室內游泳池的後方。

到達那裡之後，便發現櫛田的背影，她穿著跟這地方很不搭調的女僕裝。

「所以說，別讓我一直重複——」

是在討論什麼熱血的話題嗎？櫛田逼近說話對象，用平靜的聲音斥責對方。

「哇喔——」

另一方面，另一個人立刻注意到我，指示櫛田停止話題。

「咦……？為什麼……綾小路同學怎麼會在這裡……？」

「哪有為什麼，整理隊伍的王牌不見蹤影，當然會來找人啊。」

雖然讓代理的女僕接手櫛田示範的整理隊伍方法，但不曉得對客人有多大的吸引力。

「我還以為自己很高明地把她帶出來了，真虧你能找到這裡呢，學長。」

依照她這種說法來看，似乎是看準了我沒有監視的瞬間啊。

「不巧的是我目前跟十分可靠的人聯手。不管妳去哪裡，都能立刻知道妳的所在處。」

縱然是天澤，似乎也是毫無頭緒的樣子，但她並沒有試圖詢問我在說誰。

「原本打算立刻把人還回去。我是說真的喲？」

「嗯。她說得沒錯。很抱歉沒說一聲就溜出來，但我也有點事想跟天澤學妹談談。」

「既然這樣，站著聊應該也行吧。這算不上離開十幾二十分鐘的理由。」

「那是因為——」

櫛田也知道整理隊伍與留住客人是最優先事項。

所以她才會放棄接待客人，對應那方面的問題。

除非有什麼重大的事情，否則她不會主動離開崗位。

「不管妳們兩人之間有什麼事要談，現在正因文化祭忙得不可開交，能否等到下次再說？」

沒有必要特地選在今天這個日子對話。

「看到我跟櫛田學姊的組合，學長一點都不驚訝呢。你早就知道了？」

「不。」

直到目前為止，我真的不曉得她們有密切的共通點。

「但妳今天挑在這個時間點接觸，讓我理解了一切。」

就連感覺沒必要的情報都在腦中擅自引導出來。

為何櫛田會執著於在全場一致特別考試中讓我和堀北退學，還做出無謀的賭注？

如果是背後有White Room學生強硬地教唆她行動，那也就難怪了。

我也開始能猜到他們為何要在容易露出馬腳的這場文化祭採取行動。櫛田一到放學後就拒絕同班同學的邀約前往某處的行動，也跟我的推測一致。

「我等一下會好好地把櫛田學姊還回去的，可以讓我借用她一點時間嗎？」

眼前的天澤還沒有察覺到我已經推敲出答案。

「對不起喲，綾小路同學，可以請你先離開嗎？我會盡可能早點回去。我也有些事情無論如何都想跟天澤學妹談談。」

「我明白妳想說什麼，但是不能那麼做。天澤，請妳到此為止。」

「學長的眼神很色呢，像要把我脫個精光。」

天澤以誘惑人的動作將食指前端靠在嘴唇上，但她實際上並非真的在說帶有性意味的話。

這樣的行動是為了隱藏對於我看透一切的警戒心。

「櫛田。天澤與另一人握有關於妳過去的把柄。所以妳才會在全場一致特別考試中為了讓堀北與我退學，硬是把全班捲進去，引起騷動。或者妳在更早之前就採取了某些行動也說不定。」

「咦……」

應該是說中了吧，櫛田沒有肯定也沒有否定，只是露出驚訝的表情。

「學長，別再說了吧。現在是我跟櫛田學姊的時間喲。」

「不好意思，那可不行。先不提櫛田身為女僕的功勞，她對班級而言是必要的存在。」

「這話是什麼意思呢？我不會做任何壞事喲。」

「或許妳不會吧。但另外一個人就難說了。」

我這麼回答，這時天澤的態度首次出現變化。

隨後天澤露出詭異的笑容，抓住了在她附近的櫛田的手腕。

「唔！」

然後用右手將櫛田拉近自己身邊，站到櫛田背後，伸出左手用力地堵住櫛田的嘴。

「該不會學長對另一個人是誰已經有頭緒了？」

她在提出質問前封住櫛田的嘴，是因為櫛田本身就知道那個人物。

也就是說，櫛田知道另一個White Room學生的真面目。

所以天澤才搶先一步堵住櫛田的嘴，以免她把那個人物的名字脫口而出。

「我想妳應該知道，櫛田學姊。要是隨便亂講話，我會讓妳退學喲？」

因為右手被用力握住，櫛田的臉因疼痛而扭曲。

「天澤，真不像妳的作風呢。看來妳似乎也被逼入絕境了。」

「學長，請等一下，我什麼也沒說喲？」

「妳的每一個行動都在述說妳的窘境。」

忍受疼痛的櫛田應該不明白這些對話的本質吧。

而且天澤本身並沒有掌握到我究竟理解到什麼程度。

「總之我們下次兩人單獨聊聊吧。現在就請你當作沒看到，離開現場吧，綾小路學長。大概十分鐘後就會讓櫛田學姊回去。」

「假如我不答應呢？」

「我可能會在這裡把櫛田學姊變成廢人喲。」

如此說道的天澤更用力地握緊櫛田的右手。

「嗯嗯！」

「雖然我是個可愛的女孩子，但也能輕鬆地折斷一、兩隻手呢。」

「既然這樣，妳就試試看吧。看是妳先折斷櫛田的手，還是我先阻止妳。」

我跟天澤的距離大約五公尺左右。

「學長是說真的？」

「妳是指折斷手？還是覺得我不可能阻止妳？」

「兩邊都有。」

「那就表示妳兩邊都誤會了。拿出真本事吧。」

面露笑容的天澤一直緊握櫛田右手的手指，雖然只是一丁點，但稍微放鬆了力道。我趁那個瞬間一蹬地面，在天澤切換成折斷櫛田右手的動作時鑽進她的懷裡。

天澤的右手從櫛田的手臂滑到手腕，然後堵住嘴的左手繞到櫛田的背後，但在這時我抓住了天澤的右手。

「騙人——」

是防衛本能吧。她瞬間放棄折斷櫛田手臂的動作，將意識轉到這邊後，試圖握緊左手出拳。

但我沒有給她做出更多動作的空檔，我抓住天澤並封鎖她的行動。

就像天澤剛才對櫛田做的一樣，我繞到她的背後，將其壓制在地面。

「嘎哈！」

我以驚人的氣勢將天澤壓在地上，她有一瞬間忘記呼吸，亂了步調。

她的喘息稍微揚起一些沙塵。

「奇怪……有點出乎預料。」

「妳以為我跟妳之間沒有太大的差距嗎？」

看她的眼神就知道了。平常總是我行我素的天澤，自尊深深受到傷害。

「這表示我估計錯誤了……？」

「或許是吧。」

在White Room練過的天澤，格鬥能力是貨真價實的。就連藉由正統鍛鍊累積實力的堀北和伊吹，或是靠自己的方式學會打架的龍園等人，大概都贏不了天澤吧。

不過就算這樣，也跟她能否與我對等較量完全無關。

即便對峙的對手本領從五上升到二十或三十，倘若這邊的本領將近一百，結果都是一樣的。

「學長從什麼時候開始覺得可以打倒我的？」

「從我們相遇的瞬間起。」

「如果這番話不是綾小路學長的台詞，我肯定會吐槽這個笑話太冷了呢。」

「都這種時候了，就先告訴妳，妳好像認為另一個夥伴說不定會把我逼到退學，但妳都不覺得奇怪，我為什麼完全不打算問出對方的名字嗎？」

笑容慢慢從天澤臉上消失。

我到目前為止從未主動試圖找出White Room學生。

「那是因為我打從一開始就覺得根本不用比。」

「學長，你這番話——是認真的吧？」

「天澤，妳不可能聽不出來吧？」

假如只是半吊子地學過一點格鬥術，大概還不會有真實感吧。

但天澤不同。

在總計不到十秒的動作中，已經用顯著的差距分出勝負。

「妳跟那傢伙都應該早點向我挑戰。你們不該做出這種迂迴地把周遭的人捲進來，彷彿樂在其中的行動。」

「學長已經知道……我接觸櫛田學姊的理由了呢。」

「剛才一切都連結起來了。還有妳根本沒想過的事情現在即將發生。」

「我根本……沒想過的事情？」

「等下午三點過後，去監視學生會室就行了。只不過別讓任何人看到妳。那樣就會知道一切的答案。」

看到天澤慢慢放鬆力量，我解開對她的束縛。

不需要再用蠻力壓制她了吧。

「浪費了不少時間，我們差不多該回女僕咖啡廳了。」

「放著她不管沒關係嗎？」

天澤雖然站起來，但不知是否顯得茫然自失，沒有要行動的樣子。

「沒問題的，也不用擔心妳的過去會被揭發。」

我邁出步伐，於是櫛田也連忙追上來。

「為什麼你會知道那種事呢？」

「為什麼呢？但妳可以相信我。」

「……你究竟是何方神聖呀？」

聽到我剛才跟天澤的對話，還有目睹剛剛的戰鬥，會有這樣的疑問也是必然的吧。

「雖然我不懂打架這回事……也能明白剛才那樣一點都不普通喲。」

「學習格鬥技的同學並不罕見吧。像是堀北和伊吹，還有自成一派的龍園和明人應該也很會打架。而且男生跟女生對打，從一開始就沒得比嘛。」

我向她解釋這是由於男女差別造成的壓倒性勝利。

至於櫛田會不會接受這個說法，就是另一回事了。

「我們得快點回去幫忙整理隊伍才行。拜託妳嘍。」

「嗯，說、說得也是呢。」

如此回答的櫛田像是下定什麼決心，低下頭來。

「謝謝你來救我……」

出乎意料地向我道謝。

櫛田對外當然會比一般人更容易表現出謙虛的態度。

她是那種可以非常輕易述說感謝心情的人。

「你大概不覺得我是真心在感謝吧，但那樣也沒關係。只不過就算是謊言，我也想要向你道謝，所以……」

「我沒做什麼大不了的事。應該說身為同班同學，這是理所當然的行動。」

「那麼我不用把這件事當成是欠你人情吧？」

櫛田強調這個部分，我稍微思考了一下，但也不能撤回前言。

「當然了。」

就算當成是賣人情給她，櫛田也不會因此知恩圖報吧。

愛里留下的事物

雖然暫時離開崗位，櫛田之後也靠出色的表現挽回這段損失的時間。她一連串的活躍成功地讓現在依舊大排長龍的隊伍沒有人離開。

不過這次則是陷入因為客人太多，導致人手不足的窘境。

咖啡廳的接待人數很明顯一直處於超過上限的狀態。中間會休息一小時的女僕們也無法徹底消除疲勞，動作變得相當遲鈍。即使有空的男生很多，但就算可以幫忙後台的工作，也無法讓他們到外場服務，所以是一場嚴峻的戰鬥。

我們一共準備了八套女僕裝。

其中兩套當成備用服裝，基本上保持外場隨時有六個人在服務。

扣除休息時間，佐藤和小美以王牌的身分一直在外場奮戰。原本不負責外場的堀北也從中途開始幫忙接待客人，四處奔波。然後剩餘三人則是櫛田與代替松下的石倉，還有專門發傳單的井之頭。

因為櫛田忙著在走廊留住排隊的客人，實際撐起外場的是四個人。

原本應該追加人手幫忙，然而現狀是沒有人想當女僕。

並不是只要是女生，不管誰都好。

這並非容貌或可愛討喜的問題，本人是否同意也有很大的關係。雖然問過園田等好幾個人，她們都因為覺得穿女僕裝很難為情，還有工作內容過於繁重，不願意挺身而出。

「綾小路同學，排隊的客人可能也開始等到不耐煩了……照這樣下去，我想沒辦法一直留住他們。」

櫛田抽空從走廊到教室裡露面，這麼向我搭話。因為情況緊急一直在幫忙招待客人（話雖如此，主要負責端餐點上桌）的堀北，看到櫛田之後也走了過來。

「隊伍最後面現在是什麼情況？」

「我告訴他們要等很久之後，雖然有客人願意等，但大多都走掉了。」

畢竟看到大排長龍，根本不會想要等到天荒地老嘛。

現在願意留下來的客人們也跟單純的客人不同，終歸只是來參加文化祭的來賓們。不能期待他們會覺得被迫等這麼久的時間很可惜，一直留在這裡。

所以櫛田才會幫忙擔任防波堤，不過現在也瀕臨崩潰了。

「女僕裝還剩下兩套吧？」

為了應付當天的緊急狀況，我們有準備備用服裝。或許到了把備用服裝拿出來的時候。

「對，可是如果沒有女生願意穿就沒有意義喲。」

「對了，不能找輕井澤同學嗎？」

櫛田這麼提議。她應該是覺得惠身為我的女友，應該會聽從我的指示吧。

的確，若要強制惠那麼做，並非不可能的事情。

但是——

「記得她是從下午兩點開始休息呢。」

「沒錯。她現在正好休息中。就算等她三點回來後讓她換上女僕裝，也不曉得能成為多大的戰力。」

而且還有一點她們兩人都不知道，那就是沒辦法讓惠在簡易更衣室換衣服。

最糟的情況就是讓惠回宿舍換好衣服再回來，這樣又要花上二十或三十分鐘。

「我說啊，可以借用幾分鐘嗎？」

今天不曉得已經來回送過幾次餐的池向我們搭話。

「怎麼了嗎？發生什麼問題？」

「喔，不是啦，我聽到你們在討論人手不夠的事……那個，交給皐月怎麼樣？」

「你說篠原同學嗎？可是她會答應嗎？」

「我想這點應該沒問題，而且她也稍微練習過怎麼當女僕。」

首次聽說的這件事讓我們三人互相對望。

篠原目前正在攤販那邊負責烹調食物。

「能請你立刻找她過來嗎？」

「ＯＫ！包在我身上！」

現在光是有學生願意穿上女僕裝就謝天謝地了。之後因為有篠原幫忙推薦，我們努力說服了東。確定她願意參加。

「綾小路同學，我想你應該知道，我必須從三點開始休息。我離開之後也需要有人頂替我的位置。」

「這點不用擔心。我有想好對策，沒問題的。」

十五分鐘之後，我們請篠原到咖啡廳外場幫忙，東跟櫛田則是一起負責挽留在走廊等候的客人們。

不過待在走廊上的櫛田表情十分嚴肅，看來絕非什麼值得開心的發展。

「很難說是適才適所呢。就憑篠原同學的外貌不太能讓客人留下強烈的印象，話雖如此，她也並非很擅長接待客人。」

「情況緊急，這也是無可奈何。」

「果然還是無法找長谷部同學幫忙嗎？」

「先不提她會不會幫忙，自從早上開始就一直不見人影。雖然形式上有參加文化祭，但她說不定已經回宿舍了。」

「這是在報復我們讓佐倉同學退學嗎？她應該有參加事前的討論會吧？」

「即便是參加，也只是在旁觀摩而已。」

「就算這樣，她應該也比篠原同學和東同學她們了解更多吧？」

「所以這樣的報復才有效果啊。因為無論是波瑠加或陪她一起行動的明人，我們都把他們算進戰力裡擬定計畫。」

「……原來如此呀。我一直以為如果是早知道會變成這樣的綾小路同學，應該會考慮到那兩人不參加文化祭的可能性，想好其他對策。」

「就算知道，也沒辦法增加班級人數啊。而且要是從一開始就考慮其他戰略採取行動，波瑠加和明人也會察覺。我判斷他們要是因為這樣做出預料之外的惡意干擾，損失會更大。」

「即使會被找麻煩，但也只是那樣而已吧。沒有稱得上是復仇的效果喲。」

「前提是假如只有這樣。」

「什麼意思？」

「波瑠加跟愛里一直很期待文化祭。所以她才打算見證到文化祭為止吧。然後等到文化祭結束，她就沒有理由繼續留在這所學校了。」

「……你是說她會退學？」

「恐怕是。倘若波瑠加和明人自主退學，不僅在人數上會居於劣勢，也無法避免班級點數大幅降低。這會對班級造成莫大的損傷。」

「你說的損傷，大概是什麼程度？」

「就我的估算來看，兩人合計是六百點班級點數。」

「六、六百點？」

「沒什麼好驚訝的。就這所學校的一般規則而言，退學一直設有這種程度的懲罰。」

扣除因為嚴苛的特別考試導致退學風險變高的限定狀況，可以說是理所當然的措施。

「假如那兩人真的退學，我要升上A班……可以說是近乎絕望吧。」

直接斷言「我」這點很有櫛田的作風，但就跟她說的一樣。

「幾乎不可能捲土重來吧。」

「你打算眼巴巴地旁觀這一切嗎？」

「原本是預定會有解決方案啦……」

我低頭看向手機。

遺憾地是還沒有收到我期待的通知。

「不知是否碰到預料之外的麻煩，最後王牌還沒有抵達啊。」

波瑠加妨礙文化祭——不，是自主退學的戰略。

這招基本上就像根本沒辦法阻止的必殺技。

無論擬定多少對策，都不存在可以完美阻擋的方法。

假如波瑠加本身繼續留在這所學校，打算像以前的櫛田那樣自暴自棄地屢次進行妨礙，也有利用特別考試的規則讓她強制退學這個辦法。就算她動了一些小把戲，要推敲出更加高明的戰略也是輕而易舉。

但波瑠加沒有採取超出自己能力範圍的戰略。

她領悟到自己的本領遠遠不及我，選擇最有效率的手段。

「這樣下去真的好嗎？」

「這不是由我來決定的，而是由波瑠加還有明人該判斷的事。如果他們堅持不參加文化祭，那也沒辦法。」

「但我不覺得你是真心這麼認為。」

「妳看得出來嗎？」

「看得出來喲。畢竟你還對我這種人伸出援手嘛。你不會就這樣對長谷部同學他們見死不救吧？」

看來櫛田似乎能看透我接下來打算去做的事。

「你到了這個時間都沒有去說服他們，是為了測試他們兩人？」

「這是因為我不知道他們的目的。他們是想把文化祭搞得亂七八糟，還是沒那個意思？既然到現在什麼都沒做，我大概可以推測出來了。接下來要去跟他們接觸。」

「你對他們人在哪裡有頭緒嗎？」

「為了知道這點，我找了人幫忙。」

我讓櫛田看我的手機螢幕，上面顯示某個人物傳來的訊息，內容是波瑠加的所在位置。

「你有很可靠的同伴呢。也是多虧了這個人，你才能知道我的所在處吧。」

「是啊，因為這個人是最適合幫忙找人或進行監視的人物。」

這個人物經常對波瑠加他們身在哪裡瞭若指掌。

「只不過我能採取的手段還是很有限。能否打動那兩人完全是另一回事。我去去就回。」

我將現場交給櫛田他們，前往波瑠加身邊。

1

我繞到教室一趟，拿起早上帶來的紙箱後，離開校舍前往通往櫸樹購物中心的道路。沒多久就能看見學生們用來休息的長椅。這邊沒有人擺攤，當然也不會看到學生和來賓們的身影。

我一靠近那裡，理所當然進入那些人物的視野。

「小清，真虧你找得到這裡呢。」

坐在長椅上的波瑠加，與站在她附近注視著我的明人。

「因為我知道妳跟愛里以前放學後常在這一帶閒聊啊。」

我從收到的報告得知，波瑠加他們今天一整天都在校內各處四處走動。

然後在結束所有行程後，他們選擇了這裡當作終點吧。

「不愧是前綾小路組的成員，正確答案。」

面無笑容地迎接我到來的波瑠加立刻接著說道：

「你來做什麼？我應該沒有妨礙文化祭吧？」

「妳的確是沒有妨礙文化祭，但是也沒有幫忙。」

「那倒也是呢。」

「我覺得對你……不，對所有班上同學感到很抱歉。」

從早上就沒有露臉的明人開口謝罪。

「沒關係，我應該可以明白你是抱持什麼想法陪在波瑠加身邊。」

「先不提這些，可以請你回答我的問題嗎？」

「妳是說我來做什麼嗎？女僕咖啡廳的生意比想像中還要好，現在很缺女僕。」

「哦，這樣啊。如果愛里還在，說不定情況就不一樣了。因為我原本也會參加，所以才會少了兩人份的戰力嘛。」

「但是那種情況就沒有櫛田，狀況會變得更悲慘吧。」

「你是用挖苦在回應挖苦呢。」

「我只是在陳述事實。」

依照波瑠加這種想吵架的態度，實在很容易變成言語交鋒。

明顯可以看出這是為了讓我感到煩躁的手段。

「只有最後一小時也好，可以請妳幫忙嗎？」

「你應該很清楚答案吧。想說服我是沒有意義的。」

「是啊，如果有附帶條件，大概只有把愛里帶回來這個要求吧。」

那當然是不可能的。

「總之至少先聽我說吧。妳應該也很在意這個是什麼。」

我將雙手抱著的紙箱放到地上。

「我想請妳打開這個紙箱。」

即使這麼告訴她，波瑠加也只是一臉疑惑似的皺起眉頭。

「事到如今你還想做什麼？不好意思，我不打算奉陪你做些奇怪的事。」

如此說道的波瑠加從口袋裡拿出一枚信封。

白色信封上面可以看到寫著「退學申請書」幾個字。

「你並不吃驚呢。」

「我早就知道妳很有可能在文化祭結束後退學。還有明人也打算陪她一起退學吧？」

「……對。」

明人也同樣拿出寫著退學申請書的信封。

「小清真厲害呢。所以才能若無其事地讓愛里退學嗎？」

儘管嘴巴這麼說，波瑠加的視線並沒有看我。她只是一直注視空中。

彷彿把世界與自己分開，從其他次元說話一般。

「愛里一直很期待文化祭。這場文化祭原本應該會變成她踏出一大步的大舞台才對。」

波瑠加一臉懊惱似的閉上雙眼，用拳頭毆打坐著的地方。

「我決定要見證到最後，決定要代替那孩子看遍所有節目。」

「我的確讓愛里退學，還利用異性的感情處理她，我不打算說自己在這件事上沒做錯。」

「那孩子需要我。而且需要小清，需要綾小路組。你覺得被喜歡的人逼到退學的她現在是什麼表情？你想過這點嗎？」

「她現在是什麼表情？在想什麼？麻煩妳具體地告訴我。」

是我這種不理解的態度讓她感到火大嗎？波瑠加明顯表露她的感情。

「她一定一直、一直在哭泣。覺得不甘心，既悲傷又難受，攤坐在房間的角落回想以前快樂的校園生活。你難道不懂嗎？」

「那就是妳心裡的愛里嗎？」

「不是只存在我心裡。那孩子就是這樣的人！為什麼你不能體諒她呢！」

雖然音量不到很大聲，但她對我發洩明顯的怒氣。

「小清其實也一樣吧？你只是不想正視現實而已。因為是你把愛里逼到退學的，所以你只是不願去想像過得很悲慘的愛里！」

波瑠加單方面地斷定我只是在逃避。

「很遺憾，我甚至沒有那麼想過。因為已經退學的學生跟我毫無關係嘛。去想像那些事只是在浪費大腦的資源。」

我明知她會勃然大怒，仍然只顧著說出事實。這番話當然會強烈刺激波瑠加。

「差勁——你真的差勁透頂。」

如此咒罵的波瑠加緩緩地從椅子上起身。

「竟然會喜歡上這麼冷酷的男人，愛里大概是缺少看男人的眼光吧。」

波瑠加緩緩地走近我。

她靠近到只要伸手就可觸及的距離。

「我沒辦法再忍受繼續跟你說下去了，要不要乾脆陪我一起死？」

她一邊這麼說，一邊將退學申請書遞過來。

一起死——換句話說，那是「你願意一起退學嗎？」這種惡魔的誘惑。

彷彿會讓人產生既視感的那番話，讓懷念的回憶也跟著復甦。

「小清也因為讓愛里退學這件事，在負面意義上受到注目不是嗎？而且你也沒有特別希望在A班畢業吧？既然這樣，就算退學也沒差吧。」

即使只是一件小事，人際關係也會輕易崩塌。直到沒多久前，應該沒有任何人能夠想像我跟波瑠加之間居然會出現這樣的對話吧。

「妳要逼我退學是無妨，但我實在無法理解。妳擅自妄想的愛里現況，讓我怎麼想都覺得不對勁。」

「啥？你想說什麼？」

「也就是說我覺得妳看起來不像是可以理解愛里的心情。」

「我比任何人都了解她，不想承認事實的是你吧！」

「波瑠加，少自以為是了。」

「唔！」

我蘊含壓力的話語讓波瑠加陷入沉默。反射性地誤以為會遭到攻擊的明人，從旁擠到波瑠加前面張開左手，挺身保護她。

「我只是嚇了一跳而已。沒事的，你讓開，明人。」

明人本能察覺到的生命危險，不是波瑠加能夠感受的東西吧。

明人雖然還在警戒我，但是他放下左手，稍微往後退。

「什麼自以為是？我才想問你為什麼踐成這樣？」

「我是叫妳不要擅自臆測愛里的心情並幫她代言，做出對自己有利的回答。愛里的想法和真心話只有她自己知道。」

「什麼都不懂的是小清。難道你以為她被退學也無所謂嗎？」

「在當下那個瞬間，她的確是感到絕望了。但是，妳怎麼知道她現在的心情？」

「那種事情……只要稍微想像一下就知道吧。」

「不對。只是在妳的心裡，愛里現在也必須覺得很難受才行吧。」

「……啥？」

「妳覺得難受不是因為愛里被迫退學，而是對妳有利的存在消失了。妳想要把不如自己的愛里放在身旁，擅自擺出監護人的模樣。妳非常喜歡能夠從中獲得的優越感與滿足感。」

「才不是那樣！你明明根本不會想起那孩子！」

波瑠加激動地加以否認，但可以看出她的眼眸略微帶著動搖。

「一想到那孩子現在的心情……我就！」

「妳真的想過嗎？」

「我想了無數次！」

在可以說是平行線的對話中，只有波瑠加一個人激動地在耗損精神。

「妳並不知道真相如何。」

「那是因為……在這種狀況下，根本沒有方法可以直接向她本人確認吧！」

「確實沒有直接向她確認的方法。但提示就在這裡。就是這個紙箱。這個很有可能變成現在的妳所需要的東西。」

「啥？不懂你在說什麼，我需要的才不是那種東西。」

「即使這是愛里留下的最後訊息也一樣嗎？」

「……咦？」

至今一直擺出強硬態度的波瑠加與站在她後面的明人一同瞪大雙眼。

「怎麼可能……開什麼玩笑？反正這箱子八成是你準備的吧？」

「愛里確定退學那天，她把這個箱子寄給我。這是因為她在那段有限的時間裡面，領悟到自己應該做什麼吧。」

波瑠加的視線看向放在腳邊的紙箱。

「只要看一下寄件人，應該就會知道這不是我準備的東西吧？」

波瑠加蹲了下來，看向貼在紙箱上的託運單。

託運單上可以看到收件人那欄寫著我的名字，寄件人則是購物網站的名字。

我也是在收到這個包裹加以搜尋之後，才知道那是購物網站。

回過神時，只見波瑠加伸出手，用指尖拚命地想撕開牛皮紙膠帶的邊緣。

過程不是很順利，她反覆嘗試了好幾次，這才終於成功撕開膠帶。

然後紙箱打開了。

裡面裝著一套女僕裝。

「這、這是……」

波瑠加應當明白那套衣服具備怎樣的意義。

「應當是由我來穿的……原本應該會跟愛里一起穿上才對……為什麼——」

「她察覺到妳可能會停下腳步，不參加文化祭。所以為了防範於未然才會寄出這個吧？」

「愛、里……」

「至少我能夠從這個訊息裡感受到愛里強烈的心意。我不覺得她只會沉浸在悲傷之中。波瑠加，妳又是如何呢？」

「愛里……愛里……！」

波瑠加從紙箱裡拿出女僕裝，將衣服緊抱在胸前。

她伴隨洋溢而出的淚水發出嗚咽聲。

「我好想跟她一起參加文化祭……好想推容易害羞的她一把，親眼看她向小清秀出新造型的模樣……！」

她想像著絕對算不上奢侈，原本能在不久的將來看見的光景，如此悲嘆。

如果這樣就能讓波瑠加表示理解，積極向前就好了。

不過——

「這是……不對……」

波瑠加一邊用制服袖子擦拭眼淚，同時起身否認。

「不對？」

「這才不是那孩子因為希望我參加文化祭所準備的東西……」

一切的事物都無法那麼輕易改變。

「她只是覺得不甘心而已。原本可以穿著這套衣服參加文化祭的，這是她懷著恨意寄給小清的東西……一定是這樣沒錯。」

要怎麼解釋這套女僕裝，因人而異。既然愛里並非留下具體的訊息，對這邊有利的解釋未必就是真相。

「沒錯吧？假如真的是為了讓我穿上，應該寄給我才對。明明如此，收件人卻是小清，是因為具備其他意義──不對嗎？」

著眼點的不同是很有意思的東西，的確無法澈底排除那樣的可能性。

這麼做可能是要給讓她退學的罪魁禍首找麻煩嗎？真有意思呢。

「等等，波瑠加，我覺得那樣好像不太對……」

明人在這時首次插嘴。

「沒有不對。沒錯，就是這樣，這個箱子也可能是小清準備的自導自演……！」

「她把最後的禮物寄給清隆而不是寄給妳，應該是因為希望你們可以把這個當成契機，像這樣再次兩人面對面，和睦相處吧？」

假如把這個直接寄給波瑠加。

然後她老實地收下禮物。

那種情況下，波瑠加跟我之間就不會像這樣產生共通點吧。

「不對，絕對不是那樣……！」

「我也是綾小路組的一分子。如果是愛里一定會這麼想。」

「就說不是了！」

波瑠加轉過頭飛奔而出，然後一把抓住明人的衣襟。

「你別擅自解釋愛里的用意！不要想成對小清有利的意思，試圖原諒他！」

「我沒有那個意思……」

「萬一、萬一就算是那樣，她也被奪走了重要的容身之處！這個事實不會改變！我不會承認這種建立在犧牲之上的友誼！」

「但是不管誰怎麼妄想，都不會對她本人造成任何影響。重要的是實際上愛里現在人在哪裡做些什麼，不是嗎？」

「我知道，所以要退學去確認，我要陪伴在那孩子身旁！」

在結束對班級的復仇同時，自己去愛里身邊見她。

自主退學對波瑠加而言，也正方便她這麼做。

「妳太大聲嘍。就算是在這種地方，一個不小心也是會引人注目喲？」

像是要劈開憤怒一般，突然傳來一句既冷靜又冷酷的話語。

是我壓根兒也沒想到的登場人物——櫛田。

她穿著跟氣氛緊繃的現場很不搭調的女僕裝，緩緩走近這邊。

「咖啡廳那邊沒問題嗎？」

「因為正好換了一批客人，可以稍微抽出一點時間。」

雖然不曉得是實話還是謊言，她應該不是沒說一聲就溜出來的吧。

櫛田用「沒問題」的視線看向我，從這點也可以感受到。

「妳來做什麼？」

對櫛田出現在這裡感到疑問的人不是只有波瑠加，我也是一樣。

「來做什麼？應該說來確認嗎？因為綾小路同學告訴我，長谷部同學與三宅同學可能打算退學。」

波瑠加瞬間將視線看向這邊，但是立刻重新看向櫛田。

「畢竟若要追根究柢，原因就是櫛田同學嘛。如果妳一開始就反對選出退學者……」

「不好意思，我現在並沒有後悔當時的選擇喔。那件事情對我而言是個汙點，同時也成了讓我開拓出新道路的契機嘛。」

「……我要讓班上那些傢伙知道，留下櫛田同學是個錯誤的選擇。」

「妳如果想退學，就請自便吧？」

「別逞強了。妳自己也說過吧，妳只剩下在A班畢業這條路可以走。這是妳能夠在無法跟其他人和睦相處、如坐針氈的班級裡一直忍耐下去的唯一理由吧。所以我要奪走這個希望。」

「妳對我的復仇或許會很順利吧。可是，那是重點嗎？我不覺得佐倉同學會希望妳這麼做。」

「別跟小清說一樣的話。每個人都是這樣……你們到底懂愛里什麼？」

「誰知道呢。可是我至少知道她不像妳這樣畏縮猶豫。」

「啥？」

雖然感覺像是櫛田信口開河——她是否有什麼根據呢？

她在這裡現身，也讓人產生一個疑問。

「佐倉同學很軟弱，所以才會退學。」

「……妳還好意思說這種話？妳也一樣丟了大臉，輸得很難看吧。」

「我的確也輸了，也承認自己很弱。可是，佐倉同學跟我一樣這點也是事實。不對，因為她比我更軟弱，才會被退學。」

實際上堀北的確是判斷櫛田比愛里優秀，而且能成為一個有用的夥伴。

然後櫛田也在文化祭回應堀北的期待，有著活躍的表現。

當然了，假如愛里能夠參加文化祭，我相信她應該會吸引到不少客人吧。

但優異的接待客人能力和面對陌生大人也能應對得體的話術，不是一朝一夕能學會的。這一點是愛里無法彌補的部分。

而且就算不提這些，櫛田在第二學期的期中考也拿到名列前茅的好成績。

到這邊為止，可以說是櫛田確實對班上有貢獻的事蹟。

「那孩子的確很弱……所以我才想保護她……」

「妳想保護她？還真自以為是呢。單方面斷定她永遠都是那麼軟弱的人只有妳吧。」

「別開玩笑了。」

「我沒有開玩笑喲。」

波瑠加輕微的言語攻擊，櫛田根本不當一回事。

可能是因為至今累積起來的經驗，櫛田明顯具備與一般學生不同的強韌。

「綾小路同學，能請你看一下這個嗎？」

櫛田將視線從波瑠加身上移開，雙眼看向我。

「我每天都在尋求別人的祕密，渴望知道更多祕密。因為我相信那麼做會提高自己的價值。然後對佐倉同學也不例外。」

無論對象是誰，只要對櫛田而言有能夠利用的可能性，她就會蒐羅資訊。人就算會去關注感興趣的事情，但要關注不感興趣的事情就很困難。憑藉一般人的精神力，根本無法長期持續那樣的行為。

「我想說她抱持的祕密，或許在退學後也會有用。然後就發現了這個。」

如此說道的櫛田拿出手機，讓我看某個畫面。

我接過手機，將畫面往下拉，瀏覽詳細的內容。

「這是——」

「看來綾小路同學好像也不知道呢。原本以為如果是你，應該已經注意到這個事實。」

「該說不愧是妳嗎？真虧妳能找到這個。」

「以前曾因為這件事跟你一起採取了很多行動不是嗎？或許就是因為那樣吧。」

那是已經超過一年，還沒有成立綾小路組時的事了。

因為是跟愛里有關的話題，波瑠加一臉擔心地看著這邊。

「很在意吧？畢竟是跟妳最喜歡的佐倉同學有關的事情。」

櫛田看透這一點，挑釁似的揮動手機。

「怎樣啦。」

櫛田暫且關閉手機螢幕，拿著手機走近波瑠加。

「雖然我大致來說是個壞人，但長谷部同學也差不多吧。妳只是在找比自己弱小的人，對伸出援手的行為感到愉悅。就本質來說妳並非擔心佐倉同學，只是因為沒有自己可以照顧的人，覺得寂寞而已吧？」

沒想到櫛田居然也說出跟我一樣的話。

這並非事先商量好的對話發展，讓波瑠加一臉尷尬地游移著視線。

「妳果然把她跟家人重疊了？」

家人？雖然櫛田意料之外的發言讓我感到在意，但是波瑠加制止她繼續說下去。

「別說啦……不要說出那件事。」

「為什麼？既然妳都要退學了，不管我跟誰說妳告訴我的事情，都沒關係了吧？這表示我沒有必要再保密了。」

這麼說來，櫛田比我更清楚關於波瑠加的事。

「我沒有弄錯。我想保護愛里、想陪在她身旁。縱使理由是為了我本身的目的……」

「我可以理解妳的心情，但無法認同妳的想法是正確的。妳就是因為這樣，才會在上高中後也交不到半個正常的朋友，不對嗎？」

「我——」

「唉，算了。再繼續閒聊下去也只會影響到女僕咖啡廳的營運。妳就這樣什麼也不知道地退學好啦？反正現在才知道真相也不能怎麼樣。」

櫛田停下原本走近波瑠加身邊的腳步，轉身背對她。

「給我等一下！妳說愛里怎麼了！」

「想知道呀？」

是對於被櫛田搶走優勢這點感到煩躁嗎？波瑠加強硬拉近距離，抓住櫛田的肩膀。

「那孩子沒有我就什麼也辦不到，她需要幫忙。」

「妳什麼都不懂呢。她比妳想像得還要成熟喲。」

波瑠加幾乎是用搶的拿到手機，用手指敲打畫面。

她在網路上訪問的頁面，是某個人物的ＳＮＳ帳戶。

那是可以透過發文把自己的想法傳遞給全世界的便利應用程式。因為在這所學校不能揭露身分，所以基本上會受到很多限制，幾乎沒有學生使用這個應用程式吧。

不過，倘若是不屬於這所學校的人，當然不管怎麼用都沒有問題。

那個帳戶的名稱是「雫」。

那是昔日曾經以平面寫真偶像的身分悄悄活躍的佐倉愛里的另一個名字。

那次事件之後，愛里刪除了帳戶，但櫛田發現她在前幾天復活了。雖然是建立之後還不到幾天的新帳戶，但已經有超過一千人追蹤。

「騙人……這是，愛里的……？」

櫛田經常埋頭於收集班上同學的情報，這可說是很有她風格的功勞吧。

「這種東西……沒人能保證是她建立的帳戶吧。反正一定是綾小路同學或櫛田同學捏造出來的冒牌貨……」

「妳實際看過那個帳戶寫的文章，還覺得是我們嗎？」

『我決定重新開始暫停了很長一段期間的偶像活動。』

這是那個新帳戶的第一則發文。

然後是自己之前專注於學業，享受與朋友一起度過的生活等事情。

還有原本已經放棄偶像活動這件事等等。

投稿了許多只有她本人才寫得出來的事情。

『我下定決心要做自己能夠做到的事情。為了成為不會愧對重要摯友的自己。為了在摯友畢業後，能夠讓她看到抬頭挺胸的自己。』

「我說妳把自己當成監護人這點是實話。或許愛里的確是個讓人費心的存在，不過在確定退學之後，她便以令人難以置信的速度開始成長。」

『昨天終於通過試鏡了！雖然非常緊張，但是很開心！』

「這是……」

波瑠加倒抽一口氣，ＳＮＳ上貼著通過第三次審查時的感想。

『我會想以演藝界為目標的理由，是希望能將自己的聲音傳遞出去。』

『儘管會碰到痛苦的事情與悲傷的事情……但還是想向前看。我會一直向前看，所以你也別認輸。』

用雫這個名字建立一個假帳戶當然並非不可能的事。但要被經紀公司追蹤，還有偽裝發文內容等等相當困難。正因如此，波瑠加應當明白這個帳戶的主人就是愛里。

「就這些發文來看，實在想像不到妳說的那種愛里過得很悲慘的情景啊。」

「妳一直過度保護，而且單方面斷定自己在她之上吧？可是，退學這件事讓她開拓了新的道路。也就是說她並沒有停滯不前。」

櫛田強硬地從顫抖的波瑠加手中搶回手機，然後轉頭看向我。

「雖然我又溜出來了，就原諒我吧。」

如此說道的她露出與現場氣氛很不搭調，一如往常的笑容。

「我以為自己幫了妳，但馬上又被妳幫了一把啊。」

「這樣算你欠我一筆人情喲？」

「妳不是說過不來這套的嗎？」

「雖然我不喜歡欠人情，但不討厭賣人情喔。」

她接著邁出步伐，打算回到特別大樓。

「妳還真是精打細算啊。」

自從暴露許多弱點後，櫛田的待人處事反而比之前還要高明了。

「……波瑠加，我不覺得這是冒牌貨。」

明人也用自己的手機看了雫的ＳＮＳ吧，他將自己的手機遞給波瑠加。

之後波瑠加也緊盯手機，不停翻看愛里記錄下來的留言。

「嗚、嗚嗚……」

波瑠加緊盯著手機的視野為之模糊，淚水從她眼中溢出。

她一直以為沒有自己陪伴就什麼也辦不到的愛里，回過神時已經走在自己前面了。明明愛里的內心現在應該也背負著傷痛，卻拚命地想要往前進。她這樣的行動是因為擔憂波瑠加可能會停下腳步。

自己真是個大傻瓜——

波瑠加得知自己只是單方面斷定退學很不幸，擅自同情愛里罷了。

「這對我本身而言也是新收穫。我一直以為退學的人、落敗離開的人會從此一蹶不振。」

我一直單方面認定唯一寄送過來的箱子是她最後的殘渣。

「但並非那麼回事。」

敗者復活，也有從落敗後重新開始的存在。

這就是White Room與這個世界的巨大隔閡。不，還是說從White Room淘汰的人們，也能夠像愛里一樣東山再起呢？

「那傢伙說不定今後會成為大人物。明明如此，妳卻要追在那樣的愛里後面自主退學嗎？豈止會被她笑，說不定她根本不會理妳呢。」

倘若波瑠加現在為了復仇而退學去見愛里，會有什麼後果？波瑠加本身應該也不難想像吧。

愛里豈止不會用笑容迎接她，甚至還會認真地生氣。

「我——我該怎麼做才好呢……！」

「答案只有一個。就是變成能夠抬頭挺胸去見愛里的存在。如果是在A班畢業，情況就不同了。為了成為與愛里並肩也不會感到羞愧的人，妳必須站穩腳步，努力跨越這三年才行吧？」

不是由愛里追趕波瑠加，而是到了波瑠加追趕愛里的時候。

「為了以防萬一，我把這個箱子的費用當作會在文化祭使用的東西，列入預算裡了。」

雖然沒人能保證可以在文化祭使用，但為了應付突發狀況，事先做好準備是正確的。

換言之，就算穿上這套女僕裝站在女僕咖啡廳裡，也不會產生任何問題。

「我不會要妳像其他女僕們一樣俐落地行動。但把妳期望的原本是愛里會看見的景色烙印在眼底吧。曾經是她摯友的妳有這個義務。」

波瑠加小聲地向明人道歉後，把退學申請書交給他，然後將女僕裝抱在胸前飛奔而出。儘管所剩時間不多，但還留有站上舞台的機會。

「清隆……班上同學會接納波瑠加嗎？」

「有櫛田在，有堀北在，還有洋介在。無論是怎樣的狀態，他們都會巧妙調和。」

「……這樣啊。」

明人收起手機，然後將兩封退學申請書疊起來，從正中央撕開。

「那傢伙退學的理由消失了。希望你們可以讓我跟波瑠加一樣留到最後。」

「即使知道了真相，波瑠加的內心依舊孤立。你要幫忙扶持她。」

縱然現在無法跟大家一起歡笑，也還有一年以上的校園生活。

她能在真正意義上找回笑容的那天應該也不遠了吧。

「我大概也會被班上同學責怪好一陣子吧。」

明人無奈地搔了搔頭，稍微露出笑容。

「假如櫛田沒有出現，不曉得會變成怎樣啊。清隆會怎麼做？」
「可能要舉雙手投降了吧。」
我拿出自己的手機，打開網路。
然後將事先準備連結到雫的ＳＮＳ的搜尋紀錄全部刪除。
先有效活用這個方法，打開一條活路的是櫛田。既然這樣，這就是那傢伙的功勞。
「好了，我們回去吧，明人。畢竟文化祭還剩一點時間。」
「……好。」
時間剛過下午兩點二十分。
堀北班成功找回之前欠缺的成員。

2

我將明人帶到攤販那邊，男生們雖然挖苦了幾句，還是毫不猶豫地接納他。
對於這樣溫暖的迎接十分感謝的明人，雙眼稍微泛紅。
他並非引起糾紛的中心人物這點，也占了很大的因素吧。

前綾小路組的啟誠正好去休息，所以很遺憾地沒看到他的身影。

我回到特別大樓的女僕咖啡廳，只見客人還是一樣大排長龍。

櫛田一邊面帶笑容接待客人，同時拿了一包新的餅乾發給排隊的客人。

無論是年長者或小孩子，似乎都被這樣的櫛田給療癒，一個人獨占了許多視線。

對於跟她一起努力的東很不好意思，但是貢獻度有天壤之別。

「客人要打道回府了～！」

佐藤這麼吶喊，誘導客人到入口。

兩名女性客人向女僕們揮手道別，接著便離開教室。

然後下一位客人緊接著進入店裡，帶領到空位。

之前為了景觀搬走了幾張原本設置在這間教室裡的桌椅，現在為了增加顧客數量，我們利用空檔將桌椅搬進教室，調整布置。

本來應該讓客人在更加悠閒的空間裡放鬆心情，然而實在沒辦法，直到最後一刻為止，我們都必須不遺餘力地賺錢。

「看樣子好像來嘍。」

聽到從走廊上露臉的櫛田這麼說，我等待那個人物前來上班。

「呼、呼、呼！好難跑！」

氣喘吁吁的波瑠加抵達教室。

女僕們瞬間也因為波瑠加的存在分心，不過現在可不是分心的時候。

她們立刻將意識轉換到自己應該做的事情上。

沒有人在這時逼問波瑠加為什麼會過來。

「長谷部同學在哪裡換衣服的？」

「女生廁所……很累人呢。」

「我想也是。」

因為是在大庭廣眾之下，天使模式的櫛田露出苦笑迎接波瑠加。

「……情況如何？」

「這個請去問堀北同學吧。我光是整理隊伍就忙不過來了。」

穿著女僕裝的堀北把波瑠加找過去，暫且進入休息室。

「歡迎妳來。」

堀北首先傳達表示歡迎的一句話，溫柔地撫摸表情僵硬的波瑠加的背。

「原本以為妳今天不會露面了，是做好覺悟才來的吧？」

雖然還不到完全復原，波瑠加一邊調整呼吸，一邊點頭回應。

「妳本來沒有負責扮演女僕，也沒練習。儘管不覺得妳能像佐藤同學她們一樣俐落行動……

但現在處於忙得不可開交的狀況呢。」

無法避免得突然面對實戰，而且還是最嚴苛的戰鬥這種情況。

「妳是為了對文化祭有所貢獻而來——我可以這麼相信吧？」

「沒問題，我不會破壞大家的努力……妳大概不會相信吧。」

「不，我相信妳。」

堀北毫不猶豫地表明她相信波瑠加所說的話。

「為什麼……？」

「看妳的眼神就知道，綾小路同學很巧妙地說服妳了吧？」

「喂。」

「還有櫛田同學也是呢。沒想到會被她用女僕裝打扮逼迫。」

「櫛田同學嗎？她什麼時候離開崗位的……」

因為前場忙翻了，堀北似乎不知道櫛田有一段時間不在走廊上這件事。

「總之在文化祭結束前，就算不願意，也要請妳先忘記對我的怨恨和牢騷喲。」

「……我知道。」

「那就好。請妳負責幫客人加冰水的工作，以及如果有人希望合照，要請妳配合拍攝。可以吧？」

「我會儘量試試看。」

既然來到這裡，波瑠加只能任人宰割。

情況不容許她說什麼想做或不想做的天真發言。

「我從三點開始必須強制休息才行，所以那之後的事情就交給綾小路同學了。麻煩你多照顧她嘍。」

「我能做的頂多就是把照片拍得好看一點吧。」

畢竟今天已經拍了好幾十張，我也開始抓到訣竅了。

波瑠加點點頭，看了一下我之後，做了個深呼吸。然後她拿著水跟放了一片檸檬的水壺離開休息室，在店內走動起來。

她向每一個客人自我介紹，並禮貌地低頭致意。

當然動作不能說很流暢，與其他女僕相比明顯缺乏練習。

但是那樣反而讓大人們用溫暖的視線看向她。

而且波瑠加身為女性具備充滿魅力的一面，縱然無法看見她的內在，也會讓人在無意識間抱持好感。

「在談論輸贏之前，以我們班的立場來說，似乎總算可以鬆一口氣呢。」

「是啊。」

「綾小路同學～有客人想跟長谷部同學拍三張照片！麻煩你了～！」

佐藤的聲音傳到休息室，因此我立刻準備好相機。

到休息為止的剩餘時間，堀北也做好覺悟進行最後衝刺吧。

「晚點見。」

堀北離開休息室後，我看向休息室裡的板子。

我們製作了這個板子，可以一眼看出誰受到最多客人指名要一起拍照，我不在的期間，拍照次數依然不斷成長的是目前合計五十六張的櫛田。第二名的佐藤是二十四張，櫛田以壓倒性差距遙遙領先，穩坐第一名寶座。

順帶一提，堀北不知是否因為態度比較冷淡，只有拍十一張照片。

如果只論外表的評價，我想堀北應該不輸給櫛田，但重要的應該不是外表吧。

可愛又親切……才是最重要的。

「就算波瑠加想從現在急起直追，也沒辦法超越這個紀錄吧。」

我拿著相機站在波瑠加前面幫忙拍照的期間，也可以聽到走廊上傳來又有新的客人希望跟櫛田拍照的聲音。

「好，波瑠加，要拍嘍。」

「……唔、嗯。」

似乎還有點抗拒與我面對面，她的表情有些僵硬。

我隔著鏡頭想找按下快門的機會……

「要不要我跟洋介換手？」

「等一下，沒事的……嗯，沒事的。」

波瑠加像是在說服自己似的低語幾聲，然後舉起手來。

雖然不到滿面笑容，但已經變成作為照片足夠上相的表情，因此我按下快門。

一張是獨照，剩下兩張則是與客人的合照。

3

終於到了接近下午三點的時刻。

為了使出最後一招，我離開女僕咖啡廳進行事前準備。

要有多少營收才能拿到第一名呢？沒有人知道明確的金額。

當然，倘若營收能超過流通在文化祭上的個人點數的一半，就能確實拿到第一名，但就結構上來說幾乎是不可能的。

換言之，重點在於直到文化祭結束的瞬間，都要盡可能地多賺一些點數。

學生們舉辦的概念咖啡廳，無論是堀北班或龍園班都大受好評。

兩班單挑的狀況讓許多來賓感到驚愕，成功地讓他們為了支持其中一班或是希望兩班都努力奮戰，前來光顧消費。

推測應該勢均力敵、陷入膠著的狀況，在我為了得知對手方的狀態，來到和服概念咖啡廳觀察情況時，產生了新的變化。

大排長龍的客人們望眼欲穿地等著進店。

「這邊也是生意興隆，絲毫不輸給我們班啊。」

比想像中更高朋滿座的狀況，讓我找不到空檔向龍園班的學生搭話。

只看這個瞬間雖然不能判斷一切，但他們賺到的點數應該與我們幾乎差不多吧。

雖然感覺足以名列前茅，就算這樣，也沒人能保證絕對沒問題。

「茶柱老師，抱歉特地把您找來這裡。」

我找茶柱老師出來，她應該在校內把點數都用在二年級以外的班級上吧。

「您的個人點數用完了嗎？」

「嗯？是啊，剩下八十點。可以說已經用光了吧。怎麼了嗎？」

畢竟都這個時間了，看來她以老師的身分確實完成對文化祭的貢獻。

「也就是說，可以當作您接下來的時間都有空對嗎？」

「是啊，剩下就只等文化祭結束……到底有什麼事啊？」

她不明白自己被找來這裡的理由，露出困惑的模樣。

和服咖啡廳終歸只是背景。我不會主動說出他們生意興隆，或是堀北班可能落敗這些話。只要茶柱老師目睹對方班級的盛況後，擅自那麼解釋就行了。

「其實——接下來想請茶柱老師協助我們班大約一小時。」

「等等，綾小路，協助？我不懂你這番話的意思……」

教師們要在學校裡消費點數，為文化祭做出貢獻。

這就是校方今天給予教師們的任務。

「為了提升女僕咖啡廳的營收，想請茶柱老師扮演女僕。」

為了讓勝利更加穩固，我將戰略化為言語告訴茶柱老師……

「……啥？」

我說不定是第一次聽到搞不清楚狀況到這個程度的聲音。

「要我扮演女僕？從來沒聽說過這種事……你到底在說什麼？」

「因為剛剛才告訴妳嘛。我只是為了獲勝，使用任何能夠運用的手段而已。」

「為什麼我必須扮演女僕？話說到底，我可是教師。而且還是班級導師。校方不可能允許教

師偏袒特定的班級。」

「沒那回事吧。就這次的規則來說，針對教師的部分只有兩個規定。一是學校的教師們與來賓是同等待遇，二是班導不能在自己負責的年級使用點數。此外沒有規定只有學生才能擔任節目的工作人員。說得極端一點，要讓來賓接待客人也是自由的。雖然那樣的情況並不普通，但這是只要答應的那方不介意，就可以解決的問題。」

在規則上並非禁止行為。

如果是突然從便利商店和櫸樹購物中心進貨，或是資金並非能夠在文化祭使用的點數，而是靠個人支出採購商品的行為，就是明確的違規。

不過就「人才」的觀點來看，不需要提出申請，而且可以自由運用。

茶柱老師似乎仍然一片混亂，說不出話來。

「要不要我再說明得更好懂一點呢？假設有個學生在搬很重的貨物，腳步搖搖晃晃。路過的來賓主動表示要幫忙，代替那個學生把貨物搬到目的地，這樣算違規嗎？」

「……不算違規。」

「對吧。這個例子替換成學生也可以成立。二年A班向二年D班請求協助，D班爽快地答應了。把學生借給別班會有問題嗎？」

借出學生的理由有很多種。例如純粹是為了支援。或是為了讓自己人在別班內部引發問題的策略，又或者是為了要求回報，用勞力交換代價。
無論是怎樣的理由，只要在規定範圍內，校方就不會加以譴責。
實際上光是在校內走一圈，也能在各處看到有學生去支援別人的班級。
「的確是……沒問題啊。」
「這就跟那種情況一樣喔。老師答應協助學生這件事本身不算是違反規則。」
「不，不行。就算這樣，還是會被當成為了自己負責的班級才幫忙的。」
「的確是呢。就算大致上可以被允許，也有可能出現那樣的意見。」
所以才有必要活用明確的規則，將這件事變成正當行為。
「借用教師的情況大概會需要使用個人點數，我會支付這筆費用。校方應該也有預料到這次的文化祭可能會出現這種狀況喔。」
「怎麼可能——不對，不過……確實很有可能……」
茶柱老師露出被我說中的表情。
她也是這所學校的教師，過去曾擔任其他班級的導師。
即使是過去沒有實施例子的文化祭，校方當然也會設想各式各樣的狀況。
以大原則來說，這所學校的個人點數會成為強力的武器。不光是平常用來買東西，能夠依照需求用來確保人力也不足為奇。

「這所學校沒有個人點數買不到的東西，不對嗎？」

否定這點就是否定學校。

而且等於是承認自己沒資格當教師。

縱然與本意相差甚遠，茶柱老師也不存在拒絕的權利。

她連忙用手機開始不停確認關於文化祭的規則。

「……請教師提供協助的情況，每一小時要支付十萬點個人點數。」

「看來在校方才有的幕後規則裡，確實有準備這個選項呢。」

就跟我以前用個人點數買考試分數時一樣。

「一小時要十萬點喔。這條件可不便宜……真的好嗎？」

「當然了。」

本來就算請教師協助也不會派上多大用場。

不管是讓教師做料理或是當服務生，倘若沒有事先練習，讓教師當一個小時左右的同伴也只是在浪費點數。

如果讓教師到外場服務客人，在沒有練習就直接上場的狀態下很難摸熟。

但假如是跟平常的用法不同的方法，即使要支付高額個人點數，也能獲得等值的效果。

「你真的確定這樣沒問題吧？」

「茶柱老師還真嘮叨呢。現在時間寶貴，就算不願意，也要請您協助喔。」

要是過了下午三點，就無法讓老師幫忙整整一小時，效率會變差。

「等、等等。對了，去拜託知惠怎麼樣？她比較擅長這方面的事。就算是勁敵的班級，應當也可以達成教師的任務。」

「應該是吧。不過，我現在追求的不是能夠靈活完成任務的人，反倒是在找笨拙的人。因為我覺得在這方面越是笨拙，或者平常跟這種事無緣的人，就越能發揮更大的效果。」

「我不懂……完全無法理解你這番理論。」

茶柱老師是真的打從心底百般不願意，而且無法理解吧。

正因為她無法理解，才能發揮我預料中的功效。

「已經沒時間了。麻煩您了。」

我強硬地讓茶柱老師拿著手機，支付個人點數給她。

「這樣契約就成立了。」

「你、你太卑鄙嘍，綾小路。竟然利用學校的規定。」

我覺得那樣根本不算卑鄙，而是非常正當的戰鬥方式……

「我對女僕咖啡廳的做法一竅不通，可不管會有什麼後果喔。」

「無所謂。我對老師不抱任何期待。」

只要有「女僕裝扮的茶柱老師待在教室裡」這個事實，就能獲勝了。

4

我將百般不情願的茶柱老師推到更衣室裡，用手機將事先準備好的文章複製貼上，作為聯絡事項同時傳送給班上同學。

這是為了通知大家茶柱老師會限定在最後一小時以女僕身分幫忙，請有空的同學們向全校的人宣傳這件事。

一切如同我的預料，這個話題透過口耳相傳，迅速地散播出去。

這是光靠學生絕對無法實現，利用老師的限定特大活動。

可以感受到走廊的氣氛頓時吵鬧起來，甚至瞬間發展成騷動。

女僕裝扮的茶柱老師用小跑步趕來，滿臉通紅地抵達教室。

「我、我來嘍，綾小路。快、快點讓我進教室！」

「等您很久了。」

因為不能讓人一直白看，我帶領老師進入教室。

「那麼，你要我在這裡做什麼……嗯？」

「您什麼都不用做。請在原地站著不動就好。」

「什、什麼？」

「我不是說過嗎？我並非追求手腳俐落的人，麻煩您了。」

我就這樣把茶柱老師扔進教室裡，將只是站在原地的工作交給她。

也不用跟任何人說話，單純只是一臉害羞地站在教室角落而已。

即使她用視線向其他人求助，也沒有任何人會幫忙，不，我有指示大家不要幫她。

這正是終極的情色性。

接下來必須大幅轉換女僕咖啡廳的方針才行呢。

最令人擔憂的是無法完全塞進教室的眾多顧客。為了強硬地解決這個物理上的問題，必須請客人們支付一定程度的代價。

就是設置「站席入場費」，容納超過應對人數的客人。

追加一條只要支付一千點就能立刻進入店裡的規則。

我從在隊伍前面等候的客人依序開始提議，將回覆站著看也無所謂的人調換順序，讓他們先進教室。目前在這裡排隊等候的顧客可能會有人表示不滿，但我做好覺悟承擔這種風險。

「站席……我從未聽說過女僕咖啡廳設置站席的。」

「這就是所謂的第二空間啊。」

在無法擺放桌子的講台還有教室後方的空間設置站席。這樣的話縱然塞不下桌椅，也能夠讓客人進場。

然後跟茶柱老師拍照的費用設定為兩千點。

販售價格是拍攝一名學生照片的兩倍以上。

我急忙在入口的板子寫下這些事項。

「真強勢……客人會接受這種價格嗎……？」

「妳看看後面吧。」

原本望著我在板子上寫字的櫛田轉過頭去，只見已經結好帳，願意接受站席的客人接連不斷地消失在教室裡。

因為今後大概再也看不到茶柱老師的女僕裝打扮，就連現任教職員們也興致勃勃地想要一睹風采。

雖然有班導不能在同年級攤位花費個人點數的限制，但在學校任職的老師，當然是負責二年級以外的老師占壓倒性的多數。

而且對平常在櫸樹購物中心工作的大人們來說，茶柱老師就跟他們在日常生活中經常目擊的一樣，給人很強烈的正經形象。

大人們彷彿波浪一般，一批又一批地蜂擁而至。

「總覺得我們的努力好像相形見絀……可能會讓人有點沮喪呢。」

對於來自外面的大人們來說，應該也有一些人不是很懂這種現象的意義吧。

然而如果是「看一眼不會吃虧」的事情，那就另當別論。

即便不是很懂，但被限定一詞給吸引，忍不住也想一睹風采。

轉眼間就超過十人、二十人，女僕咖啡廳擠滿站席的客人。

大排長龍的隊伍不僅沒有減少，反而越來越熱鬧。

「數、數量真驚人呢，綾小路同學。」

目瞪口呆的櫛田被一窩蜂擁過來的大人們嚇得退避三舍。

「是啊，老實說，我也沒想到人會多成這樣。」

「你是在什麼時候想到這種不得了的主意？」

「大概兩星期前吧。我計劃把這招當成文化祭的祕密武器。」

「假如更早一點開始這個活動，不知道會有什麼結果呢……？」

「或許效果可以持續兩、三個小時也說不定。但也會發生別的問題。因為倘若時間還很充分，其他班級也可以模仿我們。」

「啊，對喔。因為剩下不到一小時，就算想模仿也辦不到呢。」

如果有好幾個班級都推出讓教職員上場的節目，效果就會變差。

「若要使用這招，只能挑在散發稀有感的最後這一小時。」

櫛田等人以正面形象幫忙宣傳女僕咖啡廳的評價，這點也奏效了。

「……原來如此呢。難怪贏不了呀。」

「嗯？」

「我再次切身感受到綾小路同學的厲害之處，與你為敵非常棘手呢。」

「櫛田，妳的眼神沒有笑意喔。」

「大概是因為慶幸我們是同班同學跟感到火大不爽的心情各占了一半吧？」

雖然她說是一半，總覺得後者占比似乎比較大。

「請不要推擠！在這邊排隊！請不要推擠！」

須藤等人連忙組成人牆，試圖讓客人們排隊，但因為還是有些大人想辦法能否看到教室裡面，那些人逐漸聚集成群。

畢竟我們也是做生意的，所以澈底隱藏裡面的狀況，同時也將窗戶上鎖，想要強硬觀看裡面只能打破窗戶玻璃。

當然沒有大人會那麼做，所以我們硬是讓他們排隊。

在我們如此奮戰的這段期間，希望跟茶柱老師拍照的人也是絡繹不絕。

無論是已經進入店裡的站席客人或更早之前就在店裡的客人，都接連舉手要求拍照。

「老師說不定會在這一個小時站上個人業績排行榜第一名……明明什麼都沒做。」

「我們沒辦法讓更多人進場了〜〜！」

傳來小美彷彿哀號的聲音，讓我知道第二空間已經塞滿了。

「到此為止了嗎？雖然客人還是一點都沒減少，而且也沒有要打道回府的樣子，感覺有點可惜就是了。」

能夠讓站席客人進來就應該滿足了吧——櫛田這麼說道。

「還沒完，現在還留在這裡的客人都是因為有錢才在排隊，我不打算讓他們回去。」

「可是——該不會要把桌子搬出去之類的？但是桌上還有餐具之類的東西，沒辦法這麼做……而且要搬出去也很麻煩……」

教室裡面顯然已經沒有可以讓客人進入的空間。

「接下來要有效活用第三空間。」

「第三……空間？」

我向正在排隊的所有客人喊話：

「十分抱歉，店裡已經客滿，無法再讓更多人進入了。」

我這麼宣告，於是大人們看似不滿的視線接連投向這邊。

「不過我們特別破例，目前手上還剩餘一點以上的客人，只要願意支付剩餘的所有點數，就能夠從這裡觀看室內的情況。」

這裡指的就是女僕咖啡廳允許排隊的走廊。

透過打開門來撤除遮蔽物，透過打開窗戶讓教室有類似擴大的效果。

「你、你要使用走廊嗎？」

「沒錯。」

「可、可是你說所有點數……如果所剩無幾也就算了，還有一大筆錢的人會付錢嗎？」

她似乎覺得縱然是茶柱老師，應該也不會有太多人願意拿出所有點數。

「沒有問題。雖然不曉得是否有花大錢的價值，但剩餘時間也不多了。就算有客人還剩下將近一萬點的餘額，也會讓人很好奇他能在哪裡用掉。」

「啊，對喔……文化祭結束後，好像要把剩餘點數還回去呢。」

「沒錯。畢竟校方有通告大家儘量把點數用完。如果要在這裡浪費點數，還不如全部用掉。無論是一點還是一萬點，對拿到點數的大人們而言，說是相同價值也不為過。」

反倒該說剩下的點數越多，他們應當越會認為必須在這裡用掉才行。

而且現在還剩下很多一直在這裡等待的大人。

「我們會依序前往結帳，請各位留在原地等候。」

我發出指示，出動好幾個人前去回收業績。

然後讓大人們在走廊整隊，誘導他們到所有人都能環顧教室裡面的位置。

「接下來只要把一直遮蔽至今的窗簾拉開就行了。」

這麼一來，第三空間就完成了。

同時拉開的窗簾與大吃一驚的茶柱老師。

站在她的角度來看，這等於是某種公開處刑，但以我們的立場來說，這是向校方支付代價才做出的行動，沒有必要感到抱歉。

「喔、喔喔，原來如此，這真是……」

正好是以前談論關於茶柱老師變化的那個老師，發出似乎大受感動的聲音。

身邊的異性、單身，而且還是同僚不曾看過的裝扮，這樣的刺激想必十分強烈吧。

就這樣直到下午四點為止，我們一直利用這條走廊公開茶柱老師的女僕裝扮。

最終茶柱老師被指名拍了六十三張照片，超過櫛田獲得第一名。

看不見的登場人物

時間到了下午三點，我在文化祭的工作宣告結束。

在祕密武器登場讓氣氛熱絡起來時，我將後續託付給綾小路同學，離開教室。

「話說回來——沒想到他居然真的把茶柱老師裝扮成女僕了。」

這次文化祭，所有事前準備工作都跟綾小路同學一起討論過了。

雖然有聽說他會在最後一小時啟用茶柱老師這件事，我對於能否實現一直是半信半疑。

但是他不只實現這件事，甚至還打算創造絕大的效果。

每當在走廊上前進一步，就能明顯感受到茶柱老師穿上女僕裝的傳聞逐漸擴散的瞬間。

總之，茶柱老師的參戰對我個人而言也是個正合我意的活動。

因為大多數人的目光都集中在特別大樓，那麼其他地方必然沒有人。

我用手機傳送訊息給那孩子，仔細確認對方已讀後，前往學生會室。

因為想再確認一次會議紀錄。

當然也可以在學生會集會的日子拜託八神學弟，但是那樣無法冷靜下來好好觀察。

暗示要讓綾小路同學退學的人物。

那個人物似乎跟天澤學妹有所關聯，是個身體能力也極為強大的危險存在。

而且假如那個人是八神學弟，我拜託他想再看一次會議紀錄，對方就會察覺我在懷疑他。

不……如果把他是犯人當成前提，應該認為對方已經有這種想法比較好。

總之，為了在不被他發現的狀況下搞清楚，有必要看準沒有任何人的時段前來。

為了配合南雲學生會長，學生會暫時關閉。

也就是說可以偷看會議紀錄的機會受到限制，但反過來說，就是能夠自然地解決請閒雜人等離開的問題。

我認為機會就是這次文化祭的時間點。

早上向茶柱老師報告「我很有可能把記事本忘在學生會室」，趁著休息時間到職員室取得鑰匙，也得到去拿遺失物的許可。

就算有人目擊到我接下來踏進學生會室的光景，自己也有正當理由。

我迅速脫下女僕裝換上制服，一個人快步前往職員室。

「還剩五十分鐘嗎？」

來到學生會室旁邊的我看向設置在走廊的時鐘，嘆一口氣。

總之今天是個忙碌的一天。

雖然還沒有結束，但我的任務已經完成。

因為一定要休息一小時的關係，在我結束休息的同時，文化祭也會劃下句點。

從一大早就穿上女僕裝，馬不停蹄地一直工作，真的忙得不可開交。

重新換上制服來到學生會室的我，靜悄悄地將鑰匙插進入口的門扉。

今天大家都忙著文化祭的事，學生會室裡沒有任何人。

也就是說要再次確認會議紀錄，然後用手機拍下照片的行動並不困難。

原本我是這麼想的……

手機在口袋裡震動，有人來電。看到來電者的名字，我嚇了一跳。

八神拓也。為什麼他會挑在這個時間點打電話過來……

儘管覺得這是個恐怖的巧合，我仍然接起電話。

「喂喂？」

「堀北學姊。」

照理說應該隔著電話的八神學弟的聲音，卻從稍遠的地方直接傳入耳中。

現在最不想見到的人，正面帶笑容朝我這邊揮手。

彷彿心臟直接被潑了一盆冷水，全身感受到一陣惡寒。

「嚇到妳了嗎？」

他一邊開口一邊掛掉電話，同時一步一步走近我身旁。

「八神學弟，你怎麼會在這裡？」

「我怎麼會在這裡……嗎？學姊不好奇我為什麼明明就在附近，卻要打電話給妳嗎？」

因為分心在其他事情上，我忘記指出這個疑問。

八神學弟簡直像在試探我這個動搖和慌張的模樣。

「話說回來，學姊為什麼會來這種杳無人煙的地方？文化祭漸入佳境，應該正值進行最後衝刺的時候吧？」

「因為輪到我休息了，我在文化祭的任務已經結束嘍。所以才想稍微一個人靜靜。」

「學姊從下午三點開始休息嗎？妳選了個很罕見的模式呢。」

這樣很罕見嗎？

話說到底，我根本不曾經驗過這種形式的文化祭，所以沒有可以判斷的標準。

既然有所有參加者都一定要休息一小時的規定，像我一樣選擇從下午三點開始休息的學生，應當也存在一定的比例。

思考回路無法立刻推敲出答案，我不禁沉默了幾秒。

然後察覺到了。

八神學弟這句「罕見的模式」與事實或謊言無關。

這番發言只不過是試探我是沒有多想就選擇下午三點休息，或是故意挑這個休息時間。

實際上，這番話讓我產生動搖，無法立刻做出回應。

無論自己接下來怎麼回答，或許都已落入他的陷阱。

不，還不一定。

既然回答已經慢了，也可以選擇無視他的問題。

只能先暫且忽略「罕見的模式」這個充滿突兀感的詞彙。

「八神學弟怎麼會在這裡？」

「因為看到堀北學姊露出一臉嚴肅的表情，讓我很在意，就跟在妳後面過來了。」

「你從何時開始跟蹤我的？無論是什麼理由，尾隨女生都不是值得稱讚的行為喲。」

「我自認有好好地向學姊打招呼，看樣子在一片吵鬧聲中，學姊似乎沒聽見呢。」

前往這裡的途中，我的確是在想事情。然而就算是這樣，會沒注意到有人向我搭話嗎？雖然

感覺他跟剛才一樣是故意讓我動搖，但這一連串的發展說不定真的沒有什麼意義。

而且在來到這裡的期間，他應當有很多機會可以向我搭話。

或者他並非尾隨我過來，而是打從一開始就待在附近……？

這一切都是假設八神學弟就是我在追查的那個字跡十分漂亮工整的人物。

如果他毫無關係，感覺我之後得為了自己如此懷疑向他低頭道歉才行。

「你從文化祭裡溜出來沒關係嗎？」

「我也跟學姊一樣，該做的事情和任務都結束了。即使不是休息時間，現在是我可以自由活動的時間。畢竟沒有不可以休息一小時以上的規定嘛。」

果然只是單純的巧合？不，最好別抱持那種想法。

如果之後發現是巧合，那樣也不會產生任何問題。

但如果不是巧合，現在就傷腦筋了。

「學姊來學生會室有什麼事嗎？我想門應該上鎖了，沒有任何人在喔。」

八神學弟彷彿是要搶先我一步，看著學生會室的門這麼回答。

「我來找東西。從職員室那邊借了鑰匙，所以沒問題。」

「找東西是嗎？既然這樣，我也來幫忙找吧。」

冷靜與焦急在我內心互相較量起來。

他的發言只有善意嗎？還是帶有惡意呢？我無法做出明確的判斷。

「用不著特地請你幫忙喲。」

「但是那個東西重要到讓學姊特地在文化祭正熱鬧時過來找吧？」

他的發言聽起來像是把我的思考赤裸裸地加以揭露，宛如看透了一切。

「是記事本喲。沒多久前買的，但一直找不到，很傷腦筋呢。一想到可能會被別人撿走並看

到裡面的內容，就覺得對心理健康很不好。雖然本來快放棄了，果然還是很在意，而且還沒找的地方只剩學生會室嘍。」

繼續在這裡跟他耗時間也不是辦法。

就把也跟老師們說過的謊言原封不動地告訴八神學弟。

「那麼，我也來幫忙找。畢竟等文化祭結束後，又會忙到不可開交呢。比起一個人找，不如兩個人一起找，效率也會加倍呢。」

「是、是呀。」

我緩緩地打開門鎖，推開學生會室的門。正準備留下待在身旁的八神學弟，先一步踏進學生會室時，我停下動作。

「堀北學姊？」

「尋找忘在學生會室的東西，需要動用到兩個人嗎？你有什麼其他目的？」

「咦——？」

我刻意在這種狀況做出反擊。

「我想要婉拒你的協助，老實說我覺得你有點可怕。」

「學姊怕我……這是為什麼？」

「你不明白嗎？」

「毫無頭緒。」

「沒有人的學生會室。雖然你說有打招呼，我卻沒有注意到。簡直就像在被跟蹤的狀況下兩人獨處。你知道這對女生而言是怎麼回事嗎？」

我在這邊不是以堀北鈴音個人的立場，而是從社會的性別差異觀點向他提出質疑。

無關他的腦袋是否聰明，用絕對的方法趕他離開。

「原、原來如此。抱歉，我完全沒考慮到這些……原來如此……」

這麼一來，他不僅無法隨意進入學生會室，也不能採取在走廊等候這招。

因為要是那麼做，理所當然會被人覺得很噁心。

「真的很抱歉。我想自己的行動確實做錯了。」

八神學弟深深鞠躬，向我道歉。

「但是雖然知道這樣很失禮，是否可以讓我說一句話呢？」

「你想要說什麼？」

都到了這種時候，一直低著頭沒抬起來的他打算說些什麼？

「堀北學姊前來學生會室的真正目的是——」

如此說道的八神學弟抬起頭來——

他突然在我眼前重心不穩，彎曲上半身。

不對，是被人壓下去的。

「抓到你了！」

和服裝扮的伊吹同學伴隨著這個聲音一同現身。

「慢、慢點！伊吹同學？」

「堀北，別發呆了，快讓我們進去裡面！要是被看到就麻煩了！」

的確，這看起來只是明顯的暴力行為，要是被發現可是個大問題。

我一打開學生會室的門，伊吹同學便強硬地把八神學弟推進室內，自己也鑽了進來。

「妳、妳這是在做什麼……？」

最先發出聲音的，當然是遭到壓制的八神學弟。

從背後出現的伊吹同學將八神同學擒拿的狀況讓我陷入混亂。

「堀北，妳又被我的活躍救了一命呢。」

「……什麼被救了一命，我又沒有遭到……」

「妳說過要小心這傢伙吧。然後我看到這傢伙逼近妳。會覺得有什麼問題也很正常吧。」

她連不用說出來的事情都滔滔不絕地一口氣講出來。

這種單細胞的行動讓我到目前為止的對話都白費了。

竟然在當事者面前告知一直在警戒他這種事，未免太過荒謬。

「那個，請問要小心我是什麼意思呢？」

動彈不得的八神學弟很自然地拋出疑問。

事已至此，只能把一切都說出來了。

「……很抱歉用這麼粗暴的方式對待你。但你有些行動讓我很在意。還記得前陣子讓我看會議紀錄的事情嗎？」

「是關於南雲學生會長的發言，沒錯吧。」

「對，我想再次確認當時看到的你手寫的文字。」

「文字？雖然不是很懂，但學姊真正在找的東西是會議紀錄的筆記本——是嗎？」

八神學弟一臉困惑地說下去：

「也就是說學姊想要確認我寫的字，這麼做的真正用意是什麼呢？」

儘管有些好奇他在伊吹同學登場前講到一半的話，但是我繼續說明。我告訴他在無人島考試時有人塞了一張紙到自己的帳篷裡，因為想知道那張紙是誰塞的，一直在調查這件事。八神學弟也在受到束縛的狀態默默聆聽。

「也就是說我留在會議紀錄上的文字，跟寫在那張紙上的字很相似是嗎？」

「對，你說得沒錯。」

「如果學姊說的是事實，確實也能理解妳會警戒我的心情。還有為了私下進行確認，挑在這個時間點或許是最好的選擇呢。」

因為文化祭的準備期間，即使是六日也有許多人進進出出，很多學生為了物色擺攤地點在校內四處走動，所以沒辦法選在那時回收。

「但是，我並不是塞那張紙條的人。」

八神學弟斬釘截鐵加以否認。即便很想相信他，不過……

就在我無法坦率地表示認同時，他稍微加強語氣。

「既然學姊會懷疑我，表示妳有什麼可以當作根據的理由嗎？」

「很遺憾，我沒有根據。只是沒辦法老實認同你的說法。」

「若是方便，可以讓我看一下那張紙嗎？還有也可以對照一下會議紀錄跟我的字，這樣理應能夠證明我的清白。」

「很遺憾，那是不可能的。因為碰上一點麻煩，我弄丟那張紙了。」

那張紙被在島上跟我對峙的天澤學妹撕成碎片。

「真是傷腦筋呢。那樣不就表示我沒辦法證明自己的清白嗎？」

「所以才想先再次確認會議紀錄。」

「即使學姊再次確認，也無法確定跟記憶完全一致吧？反倒該說堀北學姊目前強烈懷疑我，既然這樣，妳改寫記憶把我當成犯人的可能性絕對不算低。這個狀況明顯對我不利。」

「……或許是那樣呢。」

我並非希望八神學弟是犯人，但想找出犯人的心情非常強烈。

也很能理解他對之後會怎麼發展感到擔憂的心情。

「我很遺憾自己遭到懷疑，總之可以請學姊先放手嗎？無論如何，一直維持這種狀態應該也不是兩位樂見的事。要是之後被南雲學生會長看到這種場面，兩位打算找什麼藉口呢？」

毫無意義地拘禁一年級男生。

這種狀況對我們而言，確實只會造成不便。

倘若有遭到暴力對待就另當別論，但他什麼也沒做。

「伊吹同學，妳先放手吧。」

我發出指示，要伊吹同學照他的話做。

但壓制八神學弟的伊吹同學表情十分嚴肅，而且絲毫沒有要放鬆的意思。

「不好意思，我不能那麼做。」

「這是為什麼呢？」

「因為直覺告訴我，像你這種看起來好像人畜無害的傢伙才是最危險的。」

這是她以前透過綾小路同學學到的事情。

但是，從她的態度也能明顯看出這並非只是外表的問題。

「有什麼其他的根據嗎？」

「你乍看之下好像弱不禁風，卻一直散發很不妙的感覺。你不是單純的書呆子吧？」

這是因為伊吹同學直接碰觸對方，才會知道視覺以外的情報嗎？

我們在尋找的對象，很有可能武術相當高超。

如果八神學弟真的符合這點，會被強烈懷疑是嫌疑犯也無可奈何。

「塞給我的那張訊息，筆跡跟你的字非常相似。再加上深藏不露的強大身體能力，還有出現在這裡這件事。」

「我的確不討厭鍛鍊身體，所以有某種程度的自信就是了……」

八神學弟感到傻眼地嘆了口氣，同時稍微抬起視線看向我。

「就算是我，也有一點生氣嘍？這種狀況根本是單方面的欺壓。」

假設八神學弟跟伊吹同學推測的一樣，具備某種程度的強大體能也不足為奇。他的ＯＡＡ成績原本就是很平均的Ｃ。即使跑步速度和運動能力較低，唯獨在武術方面經驗豐富——這種情況也不無可能。

他到底是不是清白的呢？

正當我面臨這樣的判斷時，沉默以出乎意料的形式打破。

因為理應不會有人過來的學生會室的門，毫無前兆地打開了。

「喔——這還真是個奇特的狀況啊。」

從門後現身的是南雲學生會長。只有八神學弟依舊面不改色，但是我跟伊吹同學因為做賊心虛，所以大吃一驚。

「學生會長，你怎麼會來這裡……？」

「先別提這些，這是怎麼一回事啊？」

他指的主要是伊吹同學擒拿八神學弟這件事。

「要是妳們兩人一起霸凌學弟，那可是個大問題喔。」

即使是伊吹同學也不好再繼續下去，於是鬆開雙手，放開八神學弟。

「得救了。謝謝你，南雲學生會長。」

八神學弟看來一副冷靜的樣子，活動剛才受到束縛的身體。

他那彷彿早就料到學生會長會來的冷靜態度是怎麼回事？

「那麼，可以請妳們說明一下未經允許就待在這裡的理由嗎？」

如果我回答是因為弄丟記事本，說不定會被八神學弟指出是謊言。

話雖如此，要是提及會議紀錄的事情，就連南雲學生會長都會知道這件事。

「堀北學姊好像弄丟了記事本，所以我也想一起幫忙找。伊吹學姊似乎是誤會我要撲倒堀北學姊，出於正義感才會做出剛才那樣的舉動。」

他並未將我逼入絕境，而是為了圓我的謊言這麼回答。

「原來如此，這就是擒拿你的理由嗎？」

「我想誤會應該也解開了，不打算把事情鬧大。」

「既然這樣，就不用再追究下去了吧。那麼，你們找到記事本了嗎？」

既然他願意配合我的說法，就心懷感激地搭順風車吧。

「不，沒有找到。雖然這裡是我最後的希望……說不定是一不小心當成垃圾丟掉了。我決定死了這條心。」

儘管學生會長親自向我確認，但他根本不在乎記事本的下落吧。他一臉興趣缺缺的模樣移開視線，就那樣走到平常的座位坐下。

「不管有什麼理由，都不是該在文化祭期間做的事啊。你們立刻解散吧。」

賴在這裡不走也看不到會議紀錄。現在只能乖乖撤退了。

如此心想的我準備跟伊吹同學一起離開，但是……

「話說回來，南雲學生會長，你怎麼會知道我們在這裡呢？」

八神學弟在我跟伊吹同學的旁邊提出這樣的疑問。

「你很好奇嗎？」

「一般應該會認為學生會室的門是鎖上的。但是學生會長毫不猶豫便走進室內，所以我有些好奇。」

那樣確實很不自然。雖然不曉得學生會長是否擁有備份鑰匙，照理來說應該先試著把鑰匙插進鑰匙孔開鎖才對。

明明如此，學生會長卻毫無疑問地理所當然走進來，也難怪八神學弟會覺得可疑。

簡直就像打從一開始就知道裡面有誰在一樣……

南雲學生會長跟八神學弟原本打算在這裡碰面嗎？

如果真是這樣，也能理解八神學弟預言學生會長會過來這裡那些話。

可是——兩人的對話感覺一點也不像事先約好要碰面。

「要回答也無妨，但在那之前，我也有事情想問你。」

「問我嗎？」

「你記得我之前在學生會室說過的事情吧？就是有傳聞說我花費鉅款，想讓部分學生退學那件事。」

「當然了。我也找了各種管道探聽，但還無法確切掌握傳聞的來源。」

我無法跟上突然舊事重提的這個話題。

「其實你知道傳聞是從哪裡出來的吧？」

「……你的意思是？」

「就是那個傳聞難道不是你散播出去的嗎？」

南雲學生會長不耐煩地輕踢了一下桌子下方。

「請等一下。怎麼突然這麼說呢？為什麼我要做那種事？」

原本就遭到我們懷疑，這次又遭到南雲學生會長懷疑。

而且還是因為完全不相干的內容。

「還用得著說為什麼嗎？賭上獎金讓特定學生退學，在一年級生之間舉行的特別考試——你也是少數參加者之一吧。」

八神學弟的表情這時稍微有點黯淡，並且像南雲學生會長那樣帶著煩躁。

「南雲學生會長，這話是什麼意思？你究竟在說什麼呢？」

「雖然我在學生會的會議上否認了，但那姑且算是事實。」

「那麼，你真的做了那種事……？」

「我可沒有打破規則喔？那終歸是學校的方針。為了保持公平性，我以學生會長的身分與月城理事長一同在場見證。八神，我說得沒錯吧？」

這所學校一直在舉行毫不留情的特別考試，沒想到居然還有這種事。

「關於那場特別考試和參加者的事，不是規定不能洩漏出去嗎？」

「先打破規定的人是你吧。」

「不是我喔。讓南雲學生會長困擾對我也沒有好處。而且還有其他幾個一年級生也聽到同樣的說明不是嗎？」

「是啊。不過你在這裡現身了吧。這樣當然會讓人起疑。」

「這只是碰巧而已。」

一直與八神學弟面對面的南雲學生會長將視線轉向我們這邊。

「妳們可以回去了。接下來我要跟八神好好談談。」

「雖然不清楚那件事，但請允許我發言。」

「堀北學姊，妳打算說什麼？」

八神學弟用眼神制止我——我剛才幫了妳吧——但我無視那樣的壓力。

「說來聽聽。」

「我不曉得是不是他在散播關於那場特別考試的傳聞。但是我不認為他出現在這裡是巧合。我強烈覺得八神學弟一直在尾隨我，或者他從一開始就在學生會室的附近監視。」

「鈴音是這麼說的喔？」

被夾在我們之間，八神學弟的表情為之僵硬，然後他以受不了的模樣吐了口氣。

「……原來如此，我全部明白了。你們兩位打從一開始就是同夥呢。從你們把那封假裝是情書的信交給我那時起，你決定好要在這邊強硬地把我逼入絕境是吧？」

「假裝是情書的……信？」

「你說這個嗎？」

南雲學生會長從口袋裡拿出市橋同學託付給我的情書。

不對，八神學弟說那是假裝成情書的信，這是怎麼回事？

「不懂你的意思呢。這只是一封寄件人不明，寫著對我的愛慕的情書啊。」

「不對。那封信乍看之下的確是情書，但是上面寫著『文化祭下午三點學生會室』。此外還可以在各處看到『重要』、『退學』、『祕密』等關鍵字，不對嗎？」

南雲學生會長打開已經開封的信，瀏覽信件內容。

「哪裡寫著那些字了？我完全看不出來呢。」

南雲學生會長一邊開口，一邊做出把情書……把信件交給我的動作。

「失禮了。」

我將情書借過來瀏覽內容，然而沒看到八神學弟所說的文字。

伊吹同學也好奇地窺探內容，但反應跟我們一樣。

希望可以原諒我匿名告白的行為，我一直很喜歡你——大概是這樣的內容。

「請你們不要再演戲了。只要解析易位構詞，就能看見真相了吧。」

「易位構詞……是什麼？」

先不提根本不懂這個詞本身含意的伊吹同學，八神學弟說這封信的內容包含易位構詞嗎？將文字重新排列順序，改變成其他意思的易位構詞，也就是文字遊戲。

我試著反覆摸索幾次，不過都無法立刻推敲出答案。

只要多花點時間研究，說不定能發現，但是不可能瞬間看出來。

「八神，你頭腦挺聰明嘛。看來我跟鈴音好像都沒辦法立刻解析出易位構詞喔？」

我們因此更加懷疑八神學弟，他也同樣強烈地警戒我們。

「那封信難道不是兩位的其中之一寫的嗎？還是你們都認識的某人呢？」

「我們都認識的某人？你究竟在說誰啊？」

「……不，這就不清楚了。只不過請相信我是按照易位構詞的內容才會過來這裡的。」

假如真是那樣──不，就算不是那樣，他說的話也很奇怪。

「現在先不管那到底是不是易位構詞。為什麼你會事先知道這封情書的內容？這表示你在把信交給我之前，先看過內容對吧？」

沒錯，除此之外沒有其他得知信件內容的方法。

「我是偶然看到的，不小心弄掉信件的時候，貼紙剛好脫落，裡面的信掉了出來。雖然覺得不應該看，還是不小心看到內容。」

「作為一個學生會的成員，那是十分欠缺道德倫理的行動啊。」

即使理解忍不住想偷看的心情，但一般都會自制。

更何況那是與自己無關的第三者之間的信件。真的會不惜背負風險也要確認內容嗎？雖然不知道寄件人這一點確實會勾起好奇心，然而就算這樣，會不會好奇到想要確認內容，就是另一回事了。

「因為你平常就在打壞主意，才會確認內容吧？你懷疑會不會有人設下圈套想陷害你。」

「就算我說不是，感覺你們也不會相信呢。」

這一連串的對話讓我感受到一股奇妙的不適感受。我看見的世界、八神學弟看見的世界、南雲學生會長看見的世界。

總覺得我們三人看見的世界都稍微有些不同。

好像符合卻又不一致。彷彿有什麼東西卡在臼齒的不快。

八神學弟未經許可就偷看信件內容是件壞事。

但是散播南雲學生會長的負面謠言和會議紀錄這件事，依然曖昧不明。

也無法明確判斷他會出現在學生會室前面，到底是故意或巧合。

就算繼續責怪八神學弟，也不會有結果……

八神學弟輪流看向我跟南雲學生會長，然後輕輕笑了。

「差不多可以來對答案了吧。其實大家應該都已經知道了吧？」

八神學弟在腦中整理狀況，沉默一陣子之後開口說道：

「堀北學姊，妳因為看到會議紀錄，聯想到無人島考試中的紙條，認為我是犯人。然後妳把假裝成情書的信件交給南雲學生會長，悄悄傳送訊息給他。」

不知為何，他主動提起直到現在都沒提過的會議紀錄和紙條。

「有必要透過那麼麻煩的手續嗎？打電話或傳訊息就能解決吧。」

「難道不是為了不留下懷疑我的證據嗎？若是這封假裝成情書的信件，就有很多說法可以撇清呢。然後你們打算在今天一起確認會議紀錄。為了確定我是否就是堀北學姊在找的人物。」

「無人島？會議紀錄？鈴音在找的人物？你在說什麼？」

「南雲學生會長還打算繼續演戲嗎？我已經知道你跟堀北學姊都是按照某人的指示行動。是綾小路學長編造這封信的易位構詞，並且指示了這一切吧？你們還真壞心呢。根本用不著讓堀北學姊看會議紀錄，你們也早就推敲出答案了不是嗎？」

「……為什麼現在會出現綾小路同學的名字？」

「他做的事情也真是迂迴呢。雖然我一直覺得他不想把事情搬上檯面，沒想到居然是用這種形式來跟我接觸呢。」

八神學弟看似愉快地笑著。他的態度很明顯與以往有所不同。

「那麼在這之後會怎麼樣呢？終於要跟綾小路學長面對面嗎？」

八神學弟彷彿看到玩具禮盒的小孩子一般看向出入口。

「還真會吊人胃口呢。在他到達之前，可以說說你們是怎麼聽說關於我的事嗎？特別想聽妳怎麼說呢，堀北學姊。」

「等一下。我真的不知道你在說什麼。雖然懷疑是你把信塞到我帳篷裡的，但這件事我只有找伊吹同學商量而已。」

即使說出真相，八神學弟也不相信的樣子。

「八神，好好說明一下，讓我也能聽懂吧。」

「呼。就算是我也開始覺得膩嘍，南雲學生會長。你透過那封信，打算跟堀北學姊一起在這裡與綾小路學長會合。然後打算跟我談談。他應該也認為單獨跟我見面很危險吧。嗯，這是很明智的判斷。」

「在你一個人這麼激動的時候潑你冷水不太好意思，不過八神，我告訴你我來學生會室的理由吧。」

南雲學生會長拿出手機，將畫面朝向這邊。

有人打電話來了，上面顯示著電話號碼。

「好像到了啊。進來吧。」

他向通話對象的另一頭這麼說道。

「啊哈哈！綾小路學長果然來了！真令人高興呢！」

高聲大笑的八神學弟彷彿在歡迎緩慢敞開的門扉般張開雙臂。

「打擾啦。」

跟這句話一同進來的，是個完全出乎預料的人物。

最先做出反應的不是我和南雲學生會長，也不是八神學弟，而是伊吹同學。

「啥？龍園？你怎麼會來這裡？」

現身的人不只龍園同學，還有兩個他的同班同學。

「喔，伊吹，那副打扮挺適合妳的嘛。對吧，木下？」

「真的耶。嬌小玲瓏，好像還滿可愛。」

「啥？慢著，小宮？連木下都……！」

而且最令人驚訝的是坂上老師與真嶋老師也接連在學生會室現身。

「……這是怎麼回事啊？」

最目瞪口呆的，是說了一堆讓人無法理解的發言的八神學弟。

「我來學生會室是為了跟龍園他們談話，沒錯吧？」

「是啊，本來是這麼打算的，但你好像正在忙？」

看著他們的八神學弟似乎也無法理解目前的發展，一臉嚴肅。

南雲學生會長站起身來，然後將信件推到八神學弟的胸前。

「什麼假裝成情書的易位構詞，會議紀錄什麼的，你真是莫名其妙啊，八神。」

「……這不可能。但是，這到底是怎麼……」

八神學弟無法掩飾他的困惑，只見龍園同學走近他身邊，伸手一指表示：

「你們說的就是這傢伙沒錯吧？」

龍園同學向安分地站在後面的小宮同學他們這麼說，好像在確認什麼。

兩人都露出緊張的表情，用力點了點頭。

「是的，不會錯。」

「嗯，沒錯。」

聽到他們回答的龍園同學像平常一樣露出冷笑，同時更加靠近八神學弟。那是只要伸手就能碰到的超近距離。

「我得跟你好好談談才行啊。」

「要談什麼呢？」

龍園同學笑著伸出右手，接著突然一把抓起八神學弟的瀏海。

「龍園！」

雖然真嶋老師斥責這個相當於暴力行為的行動，但龍園同學絲毫不放在心上。

「你叫什麼名字來著？」

「……八神，我叫八神拓也，龍園學長。」

頭髮被往上拉扯的八神學弟露出一臉痛苦的表情。

「是嗎，八神啊。聽說你就是之前疼愛過小宮跟木下的犯人啊。」

「啥……？我不懂你這話什麼意思。」

「你別裝傻了。小宮跟木下前幾天終於想起來啦。他們會在無人島考試時身受重傷，都是因為你對他們使用暴力啊。」

在無人島身受重傷。我知道他們受到骨折的重傷，但那應該是不小心導致的意外……

「怎麼會，你說我嗎？這究竟是怎麼回事啊！」

「他們兩個因為受傷的打擊喪失記憶，所以暫且用意外來解釋受傷的原因，不過他們想起來啦。想起你就是犯人這件事。」

彷彿在呼應這番發言一般，南雲學生會長也表示認同。

「這是昨天才發生的事。今天本來是打算就我跟龍園，還有木下與小宮四人一起討論這件事……但是兩位老師怎麼會來這裡？」

「是我為了省事，找他們過來的。坂上好像在兩人受傷時趕到他們身邊了。」

「說到八神同學……真嶋老師，我記得——」

坂上老師像是想起什麼，他向真嶋老師進行確認。

「對，即使不太想懷疑學生……但無法徹底否定那種可能性呢。」

「你、你們在說什麼啊。我什麼都沒做喔！」

也難怪八神學弟會驚慌失措。畢竟就連我也無法釐清思緒。

「八神。我知道那一天他們兩人的警報鈴響起時，你手錶的GPS沒有反應。雖然好幾個學生在特別考試中手錶故障，但能夠從最後斷絕消息的地點與小宮他們接觸的人，包括你在內只有兩人而已。當然，當時無論小宮和木下，還有篠原都只有說是被某人打傷，無法說出名字。因此只能當成意外處理，不過——」

「之前明明沒有記憶，卻同時回想起來，說出我的名字？這太荒謬了！一定是這兩個人串通好講出我的名字！」

「串通？你手錶故障這件事，是一般學生不知道的事實。」

有四百人以上在無人島接受考試。在他們受傷的時候只有兩個人配戴著GPS故障的手錶。

要說是巧合，機率確實太低了。

「他們想起了自己看過犯人。八神，你懷疑他們的根據是什麼？說來聽聽啊。」

龍園同學的指尖更加用力拉扯八神學弟的頭髮。

「咕……！那、那是——」

「不可能被任何人看到，應該做得很完美才對——因為你是這麼想的，對吧？」

「請、請等一下。我什麼也沒做。你們覺得我能辦到那麼危險的事情嗎？」

八神學弟的體格絕對不算壯碩。

看在旁人眼裡，應該會覺得很奇怪吧。

但龍園同學絲毫不相信八神學弟所說的話。

「我從過去的經驗學到看起來好像無害的傢伙才是最棘手的。對吧，伊吹？」

「這傢伙肯定很強，不會有錯。他一定能讓小宮他們身受重傷，而且不被發現。」

「本來為了復仇，應該要讓你受到同等以上的傷害，不巧的是在老師面前，就饒你一命吧。畢竟等待你的大概只有退學了吧。」

確認事實之後，如果能證明是八神學弟讓小宮同學他們身受重傷，那豈止只是停學處分。根本沒有酌情減刑的餘地，無法避免退學一途。

龍園同學放開原本抓著頭髮的手，於是八神學弟將臉低下。

「然後呢？鈴音，妳為什麼會在這裡？」

「我是……我也是想調查一些關於八神學弟的事。」

「啊？什麼啊。」

事已至此，只能說出一切了。

我說出在無人島發生的事，還有在尋找寫字漂亮的學生這件事，以及紙條上的文字跟八神學弟的字很類似，自己是為了確認會議紀錄才會前來這裡一事。

我抽出會議紀錄的筆記本，翻開八神學弟記錄的頁面。

「那張紙條上的文字跟八神學弟的筆跡幾乎一樣。與我記憶中的印象也一致。」

「八神，可以請你說明一下這是怎麼回事嗎？」

雖然南雲學生會長還沒有掌握到所有事態，但是他這麼開口詢問。

唯一可以確定的是現在發生了很不可思議的事。所有人都是跟八神學弟相關的登場人物，卻沒有可以成為決定性核心的東西。

這裡不存在能夠成為最重要關鍵的人物。

這種事情——有可能發生嗎？

如果一切都是從那一封情書開始的……

而且也算到我會把情書託付給八神學弟，還有他會偷看內容？

八神學弟解析出易位構詞，彷彿被吸引過來似的進入這裡……

但是那個人物應當不知道我是因為看到八神學弟的會議紀錄，才會產生疑問。

——不，這點並沒有關係嗎？

我是局外人，伊吹同學也是跟著我過來的局外人。

就算我跟伊吹同學不在現場，這一連串的發展也不會停止。應當會變成在信件的引誘下來到學生會室的八神學弟遭到南雲學生會長逼問的發展。

不過這種事有可能辦到嗎？

假設能夠辦到，又是誰這麼做的？

什麼時候，在哪裡？

不，或許這個問題本身就是錯的。

即使綾小路同學在這件事的幕後有所行動……也不足為奇。

不自然地出現在這裡的龍園同學和小宮同學等人，還有老師們。

這裡是為了從四面八方包圍想找藉口推託的八神學弟的場所。

「咯咯，我會驚訝也沒辦法啊。你玩火玩過頭了。」

是跟我有同樣的感覺嗎？龍園同學笑了起來。

「為什麼——為什麼啊。怎麼會有這種蠢事……」

「我不知道這有怎麼樣的背景，但你已經掉入陷阱裡啦。」

「我、我還沒跟他戰……不，甚至還在那之前？卻要在這種地方退場？居然要在這裡退場，這怎麼可能……！」

全身顫抖的八神學弟用至今不曾發出的聲音吶喊。

「意思是根本用不著親自對付我……是嗎？哈、哈哈……哈……哈……！別開玩笑了，別開玩笑了！」

「吵死了。別在我附近嘰嘰呱呱叫個不停啦。」

龍園同學將小指戳進右耳裡，一臉厭煩地唸唸有詞。

但是八神學弟似乎根本聽不見這些話，還是一樣激動不已。

「無所謂。我現在就、現在就去親手殺了那傢伙，這樣就行了吧！這麼一來，我應當就能回去自己應該待的地方！我要拉他陪葬！」

即使現場有兩名教師，好像也完全不當一回事。

他明顯像是變了個人，散發出殺氣。正當他朝著龍園同學準備踏出強勢的一步時，伊吹同學從背後朝八神學弟使出一記飛踢。

八神學弟頭也不回地揮開那一踢，立刻用手肘重擊伊吹同學的腹部。

「咕──！」

僅僅一擊。伊吹同學當場倒在地上，無法站起來。

「八神快住手！」

老師們趕過來想阻止八神學弟時，龍園同學制止了他們。

「你們退下吧。這傢伙想打一場啊。既然這樣，可得奉陪到底才行吧？」

龍園同學毫不在乎這裡是學生會室，握響拳頭。

「就憑你這種貨色不可能阻止得了我吧。聽好嘍？從現在起擋在我眼前的傢伙，無論是誰我都不會手下留情。不管是女人還教師都沒有關係。若不想像小宮他們那樣留下慘痛經驗，就給我閉嘴退下。」

「咯咯。這就是你的本性嗎？挺有意思的嘛。」

龍園同學毫不猶豫地上前一步，彷彿挑釁一般輕輕張開雙臂。

「我很樂意擋在你面前，放馬過來吧。」

「區區一個前不良少年……」

小個頭的他散發出來的氣息跟綾小路同學和天澤學妹一樣，不是「一般的學生」。龍園同學雖然有意戰鬥，但我實在不覺得他能夠阻止八神學弟。

不過，現在必須設法擋住八神學弟才行。

就算老師們在場他也不在乎，現在的他只有想破壞一切的衝動。

倘若現在讓他離開，沒人能保證可以阻止他的失控。

而且他要找的對象是——綾小路同學。

如果在文化祭正熱鬧時發生像現場這種事，不是警告兩句就能解決的。

「快住手，八神。還有龍園也是。假如在這裡引起打架騷動，會遭受嚴重懲罰。」

「我百分之百無法避免退學。既然這樣就沒理由停手吧，真嶋？」

八神學弟甚至直呼老師的名字，說得毫不客氣。

儘管如此，真嶋老師還是以教師的身分介入八神學弟與龍園同學之間。

「給我滾。」

雖然體格方面有壓倒性的差距，但八神學弟根本不把這種差距當一回事，他踹了真嶋老師一腳後，在真嶋老師屈膝倒下時用拳頭重擊老師的臉部。

坂上老師近距離目擊這一幕，畏縮地拉開距離。這個澈底要開打的節奏讓龍園同學興奮不已，正當他準備撲向八神學弟的時候——

「已經夠了，拓也。」

學生會室的門打開，雙眼紅腫的天澤學妹現身了。

「啊？為什麼妳會在這裡……什麼時候來的……」

八神學弟在彷彿聽不進任何人話的狀況下停止動作。

「你再繼續大鬧下去，又能有什麼結果呢？以為這樣就能獲得認同嗎？以為這樣就能被接納嗎？已經……結束了喲。」

「才沒那回事！老師們在等著！我要、我要成為第一名！」

老師指的是誰呢？

至少可以推測不是這所學校的教師。

「我今天本來只是想揭發那傢伙的過去，讓文化祭有個有趣的結尾罷了，他卻做出這麼亂來的事情……」

「拓也，你果然是這麼打算呢……」

「讓開。我要讓綾小路後悔。我要把事情搞得更有意思，讓他笑不出來……！」

「如果你無論如何都要去找綾小路學長，我會在那之前阻止你。」

「就憑妳？妳一次都沒贏過我不是嗎？笑死人了。」

「比力氣我可能贏不了吧。但是……我會盡力試試。」

「雖然早就知道妳傾心於綾小路，但沒想到會蠢成這樣啊。」

「我只是切身體會到了而已。井底之蛙不知海深——就跟這句話說的一樣呢。」

「既然這樣，那就去死吧。妳活著根本沒有意義。」

就在天澤學妹做好覺悟時，走廊另一頭傳來複數腳步聲。

五個大人面無表情地踏進學生會室。儘管不是認得所有人，但是五人當中有兩人是曾到女僕咖啡廳露面的來賓。

直到剛才都還讓人束手無策的八神學弟突然顫抖起來。

「為、為什麼你們會在這裡……？為、為什麼……」

「我們接到電話，要我們來學生會室迎接你。雖然跟預定計畫有些不同就是了。」

回過神時，只見直到不久前還散發殺氣的八神學弟彷彿小孩子一般縮了起來。

看起來像是被父母親抓到，害怕受到責怪的小孩。

被大人們圍住的八神學弟沒有反抗，乖乖地被帶離現場。

天澤學妹也像是陪同一般邁出步伐。

「你們是……」

忍受疼痛站起來的真嶋老師進行確認。

「是跟八神、天澤有關係的人。我們會負責穩定現場，請您放心療傷。還有這裡發生的事，請兩位老師和各位學生保密。我們會向坂柳理事長知會這一切，敬請放心。」

「……我明白了。」

在坂上老師的協助下，真嶋老師離開學生會室。原本吵吵鬧鬧的室內突然被靜寂所籠罩。

「真掃興啊。明明接下來才要變得有趣的。站起來，伊吹，要撤退嘍。」

「痛……至少伸手拉我一把吧。」

龍園同學動了動下巴指示小宮同學，要他幫忙還站不起來的伊吹同學，然後就此離開。

學生會室只剩下我跟南雲學生會長。

「到此為止啊。雖然有很多事情令人難以置信，姑且算是有著落了啊。」

「今天的事情，你究竟知道多少？跟綾小路同學有關對吧？」

「妳在說什麼？我剛才也說過只是打算跟龍園談談，才會過來這裡喔。」

「既然這樣，應該沒必要把那封信帶過來。」

皺成一團的情書依舊空虛地掉落在地上。

「如果要借用八神說的話，就是所謂的巧合。那封信碰巧一直放在我口袋裡。」

顯而易見的謊言。這是學生會長在表示他沒有什麼話好說。

「吵鬧的文化祭也要結束了。妳也回去吧。」

「……是的。」

再過不久就是下午四點。儘管發生了意料之外的突發狀況，文化祭即將結束。

在幕後暗中活躍的人們

時間終於迎來下午四點，讓人手忙腳亂的文化祭也終於劃下句點。就跟事前的說明一樣，結帳應用程式遭到強制登出，之後的營收無法計算進去。

似乎可以從兩小時後的下午六點起透過手機確認結果。

儘管文化祭結束了，但直到最後都需要做出理所當然的對應這點還是不變。

因為要關店了，一直留到最後一刻的客人們也開始起身離開。

來賓們各自向學生們傳達對於女僕咖啡廳的感想，然後打道回府。

每個人都表示很有趣、玩得很開心，都是一些肯定的意見。對於辛苦了一整天的學生們來說，這些溫暖的話語會滲入內心深處，讓疲憊煙消雲散吧。

順帶一提，一到下午四點，茶柱老師就有如脫兔一般逃離教室。

雖然覺得她用那副打扮到處奔跑也很引人注目，就先放著別管吧。

客人都回去後，所有班上同學（除了高圓寺）在女僕咖啡廳集合，已經是五點半的事了。

「大家辛苦了。儘管發生了很多事，總之還是能夠以理想的形式結束這次文化祭。我想營收應該沒辦法更好了。」

剛在戶外攤販結束撤場作業的池等人也到教室集合。

女僕咖啡廳這邊因為之前還在用餐的來賓們比較晚回去，所以還剩下一些需要收拾的地方，不過堀北還是先替文化祭做個總結。

「在這之後會公布結果，但在那之前我有些話想先告訴大家。」

沒錯，教室裡有三十七人。明人與波瑠加兩人也留下來了。

即使堀北沒有主動催促，成為現場主角的波瑠加上前一步。

「我想先告訴大家一點，我並非原諒了在這裡的所有人。」

在靜寂籠罩的教室裡，波瑠加開口第一句話就這麼說道。原本以為她會先道歉的部分學生比起憤怒，明顯更加感到困惑，彼此面面相覷。

只不過也沒有要責怪波瑠加的樣子。因為每個人都知道。

大家都成長到能夠感受失去朋友、失去摯友的辛酸。

「但是，最不能原諒的是我自己。我一直單方面斷定退學的人都會變得不幸。像是去年消失的山內同學，還有愛里。」

聽到山內的名字，可以看到須藤和池等人似乎也在回想什麼。

「我一直認為愛里繼續留在這所學校才是最好的，擅自斷定那樣才是最幸福的。所以我憎恨

所有人……想要對大家復仇。」

波瑠加的話語透露出懊悔，她用力握緊制服的裙子。

「我原本打算在這次文化祭結束後退學。」

雖然這是不說出來也無妨的事實，但波瑠加不想隱瞞，向眾人坦白。

我想應該也有學生預料到這件事，不過大部分學生都嚇得目瞪口呆。

「我原本也打算陪波瑠加退學。」

這時明人也像是無法保持沉默一般，與波瑠加一同述說真相。

「假如你們兩人選擇退學，我們班大概沒機會升上A班了吧。那是最簡單而且最有力的復仇方法。」

不需要耍什麼小把戲。只是退學就能讓班上同學失去大量班級點數。

「但是，如果你們願意給我機會，我希望可以繼續留在這個班級。」

「妳的心境產生了一些變化了吧？」

「那孩子正在外面的世界準備振翅高飛——櫛田同學告訴我這件事。」

櫛田的名字在這時出現，所有人的視線都集中到她身上。

為了還不清楚狀況的大多數人，櫛田像是補充一般開口：

「佐倉同學好像正在努力成為偶像。只要在SNS上搜尋就會找到，好奇的人可以之後去請教長谷部同學吧。」

感到意外的學生、有所頭緒的學生。

只不過大家共通的認知是愛里踏出新的一步這個事實。

「愛里會有很大的成長。一定會超乎自己的想像。所以我想在A班畢業，變成一個能夠去見她的人。希望能讓她看到抬頭挺胸的自己。」

班上同學得知這就是波瑠加選擇繼續留在這所學校的理由。

「很高興妳能下定這樣的決心，長谷部同學。」

「給大家造成麻煩的部分，我也打算接受懲罰。」

「我也同樣有錯。沒有幫忙準備文化祭，給班上添了麻煩。」

在其他學生開口說些多餘的話之前，堀北上前說道：

「雖然蹺掉文化祭的行為有問題，幸好並未牴觸規則。校方只有規定最少休息一小時，並非一定要工作不可。因為高圓寺同學也是從早上就一次也沒露面，這兩種情況差不多。」

堀北露出既傻眼又安心的表情走近波瑠加。

「假如要給妳懲罰，那麼大概就是今後也繼續當我的同班同學吧。妳能面對這個現實嗎？」

波瑠加對於映照眼中的堀北抱持著什麼想法呢？

「我會盡全力努力看看。」

「是嗎，我可以認為長谷部同學今後會跟往常一樣吧？」

「……沒問題，我不會給大家添麻煩。」

堀北點點頭，表示那樣就足夠了。

「三宅同學也會跟以前一樣，沒問題吧？」

「當然了。」

「既然這樣，今天就先到這邊嘍。還剩下一點要收拾的地方，大家一起迅速搞定吧。」

啟誠有些猶豫地走近波瑠加與明人身邊。

從明人的道歉開始，雙眼略微泛紅的啟誠鬆了口氣地回應。

然後波瑠加的道歉讓三人久違地稍微露出笑容，互相對視。

沒過多久，明人與啟誠便像是下定決心看往這邊。

那兩人也向波瑠加打暗號，三人雖然感到困惑，雙眼仍然注視著我。

倘若我現在走近他們，或許可以讓徒具形式的小組重新開始吧。

但是已經不需要那麼做了。我背對他們，到佐藤等人那邊送上慰勞的話語。

儘管原本的五人小組變成三個人，希望他們能締結比以前更加強烈的羈絆。那個地方不需要我的存在。

他們三人不會遲鈍到不明白我這種行動是訣別的證明。

他們沒有走近這邊向我搭話。

之後事情進展得很快。只要有三十七個人，剩下要收拾的地方也能很快恢復原狀。

我們在下午六點前完成所有收拾工作。

然後文化祭的結果公布了。

第一名：二年B班　＋一百點班級點數
第二名：二年C班　＋一百點班級點數
第三名：三年B班　＋一百點班級點數
第四名：二年A班　＋一百點班級點數
第五名：一年A班　＋五十點班級點數
第六名：三年C班　＋五十點班級點數
第七名：二年D班　＋五十點班級點數
第八名：一年C班　＋五十點班級點數
第九名：三年D班
第十名：一年B班
第十一名：三年A班

第十二名：一年D班

「我們第一名耶！太棒啦！」

「果然茶柱老師的角色扮演戳中了不少人的萌點吧～」

每個人都開心地互相讚揚彼此的奮戰。

「但是龍園班也很精明地拿到第二名，坂柳班的第四名也很讓人佩服。」

「綾小路同學。」

「嗯，一切都跟計畫一樣。」

在堀北班會拿到前幾名的大前提下，龍園班也名列前茅這件事就跟一開始預想的一樣。

「原本還擔心同生共死不知會有什麼結果……但是順利地領先其他班級呢。」

「不過也有預料之外的事。就是坂柳進入前四名。」

「是呀……你有看過他們班的攤位嗎？」

「不，我今天沒有到特別大樓的三樓。妳看過了嗎？」

「A班用低價販售一些關於學校的導覽手冊等物品。除此之外沒有擺任何飲食店攤位或推出其他節目。他們究竟是用了什麼辦法呢……」

「提示大概就在最後一名。」

「最後一名是一年D班，寶泉學弟的班級對吧……？這點有什麼問題嗎？」

「如果這個最後一名是他們奮戰的結果倒還好。但不可能是那樣。他們班擺設的攤位是以重現祭典的攤位為中心，生意相當好。我一直認為他們班會是名列前茅的其中之一。妳覺得這樣排名會比三年A班更低嗎？」

「第十一名的三年A班設定的價格，是打從一開始就放棄比賽的價格。他們始終是以讓來賓們玩得盡興的接待為主呢。」

我也確認過鬼屋等設施只要一百點就能遊玩。

另一方面，寶泉設計的射擊遊戲等攤販，都有確實收取合理價格。

「在這次文化祭之中名列前茅的班級獲得了一百點。也就是說寶泉可能在背後得到了其他東西。」

「能夠想到的可能性，大概就是個人點數……是嗎？」

「要不要回想一下去年的無人島考試？」

龍園跟葛城訂立了用個人點數換取班級點數的契約。

即使坂柳與寶泉之間發生類似的事情，也不足為奇。

「這並非不可能的事。或者他們訂立了類似的契約來代替也說不定。」

結帳是透過手機進行的。如果寶泉他們從二年A班那邊收到用來結帳的手機，把所有營收都交出去，這個戰略就能充分成立。如果坂柳還提供文化祭用的資金給寶泉班，也能夠理解他們為何可以推出大規模的祭典攤位。

「她還真是不好對付呢。」

「畢竟她總是在不知不覺間選了通往勝利的選項嘛。」

無論如何，這表示坂柳不會輕易讓人逼近。

可以確定他們班表面上像是放棄比賽，卻穩紮穩打地做出成果。

1

之後我們就此解散，但是堀北把部分成員叫到B班教室。這些成員是除了因身體不適而缺席的松下以外，女僕咖啡廳的三名提議者。

「其實——我有一件事必須向妳們道歉才行。」

「咦？道歉？有發生什麼事嗎？」

雖然是很累人的一天，但是堀北並沒有出現什麼明顯失誤的場面。

佐藤她們毫無頭緒，因此感到不可思議地歪了歪頭。

「妳們還記得龍園同學把女僕咖啡廳的事情洩漏出去，傳遍全校的事情吧？」

「嗯，那時真的讓人很焦急呢～」

「其實……他把女僕咖啡廳的事情洩漏出去，也是從一開始就決定好的事。」

這件事起因於我提議用某些方式攜手合作，以便在文化祭互相協助獲得前幾名。

「妳說早就決定好要洩漏出去？什麼意思？」

「一切都是事先計劃好的。我跟龍園同學合作，然後他背叛我。還有讓大家都知道我們要推出女僕咖啡廳這件事也是。」

「咦咦咦！不會吧？」

當然會大吃一驚吧。因為班上知道這件事的，只有我跟堀北而已。

「那麼獲勝的一方可以拿到個人點數的賭注也是嗎？」

「那是龍園同學擅自決定的。他突然開口那麼說的時候，讓我有些著急就是了。」

「結果一直在探聽情報的橋本等人，大概也認為賭注是決定性的證據吧。」

「是呀。坂柳同學是從第三者那邊聽說許多情報。這次的事情她應該也從橋本同學等諜報員那邊聽說了。聽說原本預定要合作的兩個班級起糾紛，而且龍園同學單方面地背叛我們。」

「那麼獲得第一名就可以拿到一百萬點這件事呢？」

「很遺憾，但我們已經確認過實際上無論哪邊獲勝，都不會轉讓點數。他本人好像充滿幹勁，現在應該捏了把冷汗吧。」

對於除了我跟堀北以外的同班同學，包括惠在內，我們一直隱瞞這個事實。

然後龍園班也是，除了龍園跟葛城以外，沒有任何人聽說這件事。

就連石崎和阿爾伯特這樣的心腹也不例外。

正因為如此，才能當成龍園是認真地想打垮我們。

「他們搬出和服概念咖啡廳加以對抗，也是戰略之一呢。除了宣傳我們在敵對這件事以外，另一方面也是為了避免出現其他勁敵。」

對抗戰。氣氛炒得越是熱烈，大人們也會產生責任感，在我們身上花錢。

倘若知道雙方都在打一場不能輸的戰爭，想讓自己支持的那方獲勝是很自然的想法。另一方面，其他班級和其他年級則沒有進行這種攸關生死的戰鬥。

當然想要班級點數的班級並不少，但跟堀北ＶＳ龍園的戰鬥相比之下，其他人的熱度總是會遜色許多。

「真的很對不起。儘管是為了獲勝，居然連妳們都瞞著。」

經常抱持罪惡感的堀北，一直想儘快把這個事實告訴她們。

這三人應該感受得到堀北是認真地感覺過意不去。

「沒什麼關係吧？畢竟結果都是拿到第一名，對吧？」

佐藤並沒有特別怪罪什麼，看起來很開心地向小美與前園這麼確認。

「是呀。既然事情進行得很順利，就覺得沒什麼好計較的。」

「是的，如果不小心聽說了這些事，我說不定會表現在臉上……」

小美老實回答就算要演戲，她也沒自信。

「太好了呢，堀北。」

「嗯，總算卸下肩膀的重擔。這件事麻煩妳們也轉告松下同學一聲。還有等個人點數轉帳進來後，我會儘快支付給各位功臣的報酬。」

「太棒了。」

三人互相擊掌。

「茶柱老師扮演女僕這件事，也是從一開始就說好的嗎？那說不定是最讓人吃驚的事。」

「那個真的很厲害呢。畢竟才一小時就變成拍了最多照片的人。」

「我想妳們應該有很多話要聊，但今天先就此解散嘍。真的很謝謝妳們。」

女僕咖啡廳這個提議讓班級找出戰略，成功獲得第一名。

還有其他無法計算的因素也發揮正面作用這點，實在很令人感激。

目送三人離開後，教室裡面只剩下我跟堀北。

稍微強一點的風從敞開的窗戶吹進來，晃動窗簾。

「這樣真的好嗎？幾乎所有計畫都是靠一個人想出來的。你可以更用力主張自己的功勞喲？像是演出對立的狀況，還有讓茶柱老師扮演女僕這件事。對第一名有貢獻的，明明無庸置疑是你的實力。」

「因為有身為領袖的堀北幫忙周旋，計畫才能成立。」

「……如果是以前的你，應該不會找我一起進行這個計畫吧？」

在其他人都已經離開的教室裡，堀北看也不看這邊，這麼低喃。

「是啊。」

「這點你倒是不否定呢。」

「畢竟是事實，這也沒辦法。妳也是因為知道我會這麼回答，才會開口發問吧？」

「好吧，是呀，或許是吧。」

只靠我跟龍園還有葛城強硬地進行這個計畫，也不是不可能的事。

但我毫不猶豫地在提出這個提議時，同時告訴堀北。

先不提她是否能演戲演到最後，這件事都不該在沒有領袖的狀態下進行。

假如被澈底否定，不採用這個方案也無所謂。

「如果是有效的獲勝手段，欺騙夥伴這件事也要毫不猶豫地考慮進去。即使會伴隨危險，應該前進時就要前進。妳明白吧？」

透過親自實行這個策略，讓堀北更加切身體會這一點。

「如果是現在或許能明白，感覺好像慢慢看見什麼。」

或許她還沒有很明顯的感受，但是看來確實有所感觸。

「今天就到此為止吧。太陽也差不多要下山了。」

「等一下……綾小路同學，我有件事無論如何都想趁現在問你。」

我試著催促堀北回家，但堀北拒絕了。我早就有這樣的預感。

堀北跟伊吹出現在學生會室這件事，並非單純的巧合吧。

她們肯定是沿著某些線索抵達那個場所。

「什麼事？」

「在今天這場文化祭的幕後發生的重大事件……你——」

不知該說湊巧還是不湊巧，我的手機正好在這時響起。

「不好意思，等我一下。」

「嗯，好。」

我看向手機螢幕，只見是個陌生號碼的來電。

「喂喂？」

『你還待在學校嗎～？方便的話，可以聊一下嗎？』

我對這個聲音有印象。是一年C班的椿櫻子。

要知道我的手機號碼有很多管道，所以我不會在意這點，但還真是個稀客。不過，就算今天她會有所接觸，我也不會感到驚訝。

『你現在一個人嗎？』

「很遺憾，並不是。」

『那要不要找個地方碰面？』

「妳人在哪裡？」

『我在玄關外面這邊。你還在校內吧？』

「給我五分鐘。」

『知道了～』

結束短暫的通話後，我向堀北打聲招呼。

「不好意思，我可以離開一下嗎？我想大概十幾二十分鐘就會回來。之後再來繼續要說的話題吧。」

「知道了。我在這裡等你。」

我跟堀北約好會回來這裡後，就此離開教室。

一個人單獨行動後，我決定先打個電話給今天關照我最多的人物。

「三年級生的情報網果然厲害呢。畢竟無論是櫛田桔梗或長谷部波瑠加，都能立刻找出來。我再次切身感受到南雲學生會長的實力了。」

『你為了說這個才打電話給我嗎？』

「我想說姑且先說聲謝謝。今天在找人時真的是幫了大忙。」

能夠立刻找出波瑠加和櫛田所在處的三年級生們，其眼線數量和統率力都十分出色。

『沒想到你居然會為了自己，利用我對付你的機關啊。』

「真的很感謝你幫忙傳達學生會室的情況。託你的福，我才能做出迅速的對應。」

『我一開始還以為八神是在胡說八道，但那封信真的有設下機關嗎？』

「正常來看只會覺得是寫給南雲學生會長的情書，但就像八神說的那樣，我在裡面安排了略微複雜的易位構詞。只要解讀出來，就能夠看到『下午三點過後在學生會室有重要的事要談』這樣的文章。此外也摻雜了幾個感覺他會喜歡的關鍵字。只要他抱持強烈的興趣，當然就會上鉤了。」

除了易位構詞外，我還在情書上施加一點小工夫。

用來裝信件的信封和貼封口的貼紙，我選了無論是誰都能隨時在櫸樹購物中心買到的東西。

如果這些是在網路購買的特製品，八神可能會害怕偷看信件內容會留下證據，因而感到猶豫也說不定。

但是只要看過櫸樹購物中心，就會發現除了手寫的信紙之外，都能找到替代品。

這麼一來，他就能毫不客氣地確認信件內容。

而且我透過親自手寫，來給予八神關於筆跡的情報。因為White Room學生也有被施加澈底的習字教育，一定都能寫出漂亮的字。像這樣準備好的情書，我利用惠經由其他女生交到堀北手上。然後誘導她把信件交給八神，給八神偷看的時間。因為堀北也有可能直接把信交給南雲，所以我請南雲當天假裝自己心情很差，製造出堀北無法立刻交給他的狀況。

『沒想到他居然就是在無人島大鬧一場的傢伙啊。你到底知道多少？』

「我什麼都不知道喔。只是八神擅自招認而已。」

『你是用了什麼手法，讓小宮他們指認八神的？教師會出現也是巧合嗎？』

「我只是告訴他們糾紛的中心人物說不定就是囟手。因為無法特定犯人的龍園方一直很想要線索嘛。我請他們能夠接受學生會沒有任何人，或是雖然有人在卻什麼也沒發生的風險，再答應我的提議。」

『原來如此？好吧，雖然很懷疑你說的話到底有多少是實話啦。』

「這就任憑你想像了。」

我做的事情真的都是些瑣碎的小事。沒有什麼值得一提的。

『唉，算啦。這麼一來，你就願意完成約定吧？』

「當然了。我很期待喔，南雲學生會長。」

到達玄關處時，我結束通話，將手伸向鞋櫃。

2

約好碰面的地方只有椿一個人嗎？我瞬間這麼心想，但立刻發現宇都宮在稍遠處好像在跟某人通話的樣子。他只將視線看向這邊。

「有什麼不方便在電話裡說的事嗎？」

「嗯。一年級生現在有一點小騷動。因為在文化祭中出現了意外的退學者。」

「退學者？感覺是很嚴重的事情啊——我應該這麼說嗎？」

在這次的退學騷動裡也有插一手的人物，就是此刻在我眼前的椿櫻子。

「超乎想像的結果讓我很滿意。綾小路學長。」

椿彷彿想說合格一樣，用手指比了個圓圈。

「你好像很順利地從佐藤學姊那邊挖出情報呢。然後漂亮地把八神同學逼到退學。我非常感謝你。」

「不是我挖出情報，而是妳反覆與佐藤接觸，慢慢地把她逼入絕境而已吧。然後調整內容語帶威脅，讓她忍不住找某人訴苦。」

眼前的這個椿是在跟我無關的地方與佐藤接觸的人物。

「我不懂你這話什麼意思耶～開玩笑的。」

佐藤似乎在櫸樹購物中心的女生廁所附近被椿搭話。椿提起我跟惠的關係，還有包括自己的立場在內，搬出讓情勢好轉的材料當誘餌，勾起佐藤的好奇心。

「妳好像把佐藤叫到自己的房間，用簡單粗暴的方式威脅她，但妳並不是認真地想操縱佐藤破壞我們的關係。因為妳是想透過間接讓我知道有人在威脅她這件事，讓我採取行動——也就是想讓我處理這件事。」

默默聽著的椿沒有否認，只是注視著我。

「只要仔細聆聽經過，不自然的地方馬上就會浮現出來。一看到佐藤不打算接受妳的誘惑，妳就立刻像要展開追擊似的再次與她接觸，用類似的發言刺激她。之後也是一看到佐藤沒有要找任何人商量的樣子，就慢慢加強威脅的話語，把她逼入絕境。明明知道只要這麼做，她遲早會找人……不，是來找我商量吧。」

她的目的並非籠絡佐藤，而是在等佐藤忍不住向我求救。

「而且佐藤明明沒問，妳卻告訴她自己是因為八神的命令才威脅她。」

在精神上已經吃不消的佐藤，根本沒有餘力思考那些話是真實或謊言吧。

想到可以把這件事利用在私人方面的我，決定在跟佐藤討論這個問題時把惠也找出來，讓她說出霸凌的事情和到目前為止幾乎所有的過去。因為佐藤沒有選擇椿那邊這件事，讓我能夠確信她會成為同伴。結果讓惠與佐藤兩人在真正的意義上從朋友昇華成摯友的關係。這就是十一月一日發生的事。

「八神同學是個壞人呢。」

「不用再演戲了吧。八神根本與這次的事情無關。他沒有參與。」

「你不會覺得實際上真的是八神同學的指示嗎？」

「如果八神要利用妳跟佐藤接觸，沒有必要特地搬出自己的名字。」

知道輕井澤過去的人物，僅限於知道White Room的人物。

他不會輕易做出讓人察覺到自己真面目的行動。

「既然這樣，反倒很奇怪不是嗎？學長早就知道我是故意冤枉八神同學的對吧？明明如此，卻沒有對我做什麼，反而把說不定是無辜的八神同學逼到退學。這樣不是很矛盾嗎？而且綾小路學長好像也沒有詳細調查的樣子。」

「是啊。我不會去探查妳或八神的事。也沒有那個必要。」

「……這話是什麼意思呢？」

「不好意思，我不打算再說下去。」

跟她說到這裡之後，猜測轉變成確信。操縱一切的人也不是椿。

是潛藏在更後面的人物描繪這次的構圖。

「宇都宮同學，你可以過來一下嗎？」

椿招手把正在講電話的宇都宮叫過來，指示他把手機交給我。

「……請聽。」

儘管警戒著我，宇都宮仍然把通話中的手機交給我。

『八神讓椿他們的同班同學退學了。這就是那兩人協助你的理由。』

這個聲音是去年透過電話，然後今年在我房間前面跟我交談過的男人，不會錯。

『你知道只要直接採取行動，隨時都能打敗他，所以才會一直放置不管吧？但是，結果就是一年級生裡出現了退學者。只要沒有麻煩人物，就不會發生這種事。』

「我不否認。」

『為了避免出現更多無謂的犧牲，只能讓他退學了。但是就算知道，要打倒八神也不容易。因為我知道他並非普通的高中生。』

「所以才想利用我吧。」

因為理解White Room學生的目的和執著心，才會做出這樣的判斷。

『看來你好像領會到我給你的訊息了。』

「某人遲早會接觸我身旁的人，然後到時候會出現退學者——對吧？」

『沒錯。但是想不到你居然會一口氣把八神逼到退學。這稍微超出了我的計算。你沒有考慮到八神可能根本沒關係嗎？』

「會不會退學端看八神怎麼選擇。決定他是否清白的人不是我。就像他讓一年C班的學生退學一樣，那傢伙一直在到處玩火。例如他假裝是以前的學弟接觸櫛田桔梗，利用得到的情報控制櫛田，想把她當成棋子利用。還有在無人島讓沒有關係的學生身受重傷，挑釁對方。認為寄給別人的情書是陷阱，擅自偷看內容。雖然不曉得堀北與伊吹為何也會在場，但原因大概也是那傢伙在玩火吧。」

一般不會偷看別人的情書。

就算看了，也不會注意到散布在裡面的易位構詞。

『也就是說一切都環環相扣啊。』

「就算沒有留下明確的證據，設下越多機關，那麼必定會留下越多痕跡。那傢伙沒有發現自己正在用軟刀子殺死自己。」

『的確，只要八神什麼都不做，就不會在這個階段退學了。』

「就是這麼回事。」

他不斷玩火，招來了這次的結果。

只要他不惹電話那頭的男人生氣，我就還不會對八神動手。假如他不跟櫛田接觸，沒有在無人島讓別人身受重傷，也不至於受到退學的懲罰。

只要他不偷看情書的內容，就不會陷入被逼問的狀況。

「以結果來說，會退學只是因為八神自己承認有罪而已。」

我不過是設置了用來測試他的舞台。

如果他完全是清白的，根本不會引起騷動吧。正因為他知道我，而且腦袋又聰明，才會前往學生會室罷了。

『看來你的實力跟傳聞中一樣啊。』

「我想順便確認一下，你還記得之前對我說過的話吧？你叫我不要以為排除了礙事者，就能恢復和平的生活。那也是虛張聲勢對吧？因為你想讓我產生若不早點處理，事情會變得更麻煩的焦慮感。」

為了讓我採取行動，他從那個階段開始就下了一步棋，以便讓八神退學。

『就跟綾小路老師說的一樣，選擇這所學校是正確的。』

「這話什麼意思？」

『就是字面上的意思。我也會用自己的方式享受校園生活。只要一年級跟二年級不用互相競

爭，我跟你的關係就到此為止吧。』

他說完想說的話後，單方面掛掉電話。

偷看手機畫面，就知道他特地使用隱藏號碼打過來。

這樣的行動是不想讓宇都宮把號碼加入通訊錄，或是被人從電話號碼察覺身分。

「這樣讓你明白了很多事嗎？」

「是啊。」

「同班同學被迫退學的時候，我一開始還以為跟寶泉同學有關，但是最近他告訴我其實是八神同學。」

八神的潛在能力雖然無可挑剔的強大，卻因為驕傲自滿被擺了一道啊。他只有意識到我的存在，根本不關心站在同一個舞台上的勁敵。

對一年級生的戰鬥潑冷水的八神，看來不是值得歡迎的存在。

「椿，妳可別因為復仇成功就退學喔。」

「我知道啦。老實說，一開始對這所學校沒什麼感情……但現在有一點變化了。這所學校意外地有趣呢。」

聽到眼前這樣的對話，可以知道除了單純的復仇以外，還交雜著各種思緒。

「事情就是這樣，我們先回去了。」

「……失陪了。」

硬是擠出敬語的宇都宮跟椿一起返回宿舍。

「我也該回教室了。」

3

結束與椿的對話後，我在回教室的途中遇到茶柱老師。

「老師今天辛苦了。您非常活躍呢。」

「……什麼辛苦了啊。」

茶柱老師毫不掩飾地像個小孩子一樣瞪著我，她很明顯在生氣。

「您就這麼討厭被迫穿上女僕裝嗎？」

我明知故問，於是茶柱老師抖著肩膀逼近我。

「我回到職員室後，發現其他老師的桌上到處可以看見我的照片。不只是這樣。你以為我在短時間裡被多少老師搭話，被提了多少次關於女僕裝的事，還有丟了多少次的臉？我打從心底盼望可以暫時成為沉默的貝殼（註：原哏是《我想成為貝殼》這齣電視劇，用來比喻保持沉默、什麼都不說）。」

正因為感受到猛烈的壓力，可以明白她真的歷經了不少辛酸吧。

「這……是我無從得知的事。應該象徵著老師很受歡迎吧。」

「我絕對沒有很受歡迎，都怪你做了些多餘的事。」

如果她真的認為自己不受歡迎，今後想必會很辛苦吧。到目前為止只是沒有浮上檯面，應該有不少大人都是把茶柱老師當成異性加以評價。

「那是兩回事。我們班都拿到第一名了，不是很好嗎？」

「一點都不好。反倒應該說就算我什麼都不做，那個營收金額也肯定能夠名列前茅。」

「說得也是呢。不過比起第二或第三名，拿到第一名還是更有面子嘛。」

「這一點也不像你會說的話……真是的。」

似乎覺得再繼續責怪我也沒用，茶柱老師把怨言吞下肚，忍了下來。

「話說回來，沒想到你們會假裝跟龍園班敵對，實際上卻是在合作啊。」

「只靠一個班級戰鬥，最多也只有大約四十人的戰力。倘若兩個班級攜手合作，就有將近一倍的人數會成為夥伴。這點意外地不能小看喔。」

未必一定要在表面上攜手合作才能宣傳。

縱然形式不同，只要許多人聚集起來，不用耗費大筆資金也能展現龐大的陣容。

「我在職員室也大吃一驚。因為每個人都以為是真正的對決。」

茶柱老師雖然提到關於我們在文化祭的活躍，卻絕口不提關於八神退學的事。

即使是沒有直接關係的一年級學生，她身為教師應當也知情，但她不會向理應無關的我提起那件事。

身為這所學校的教師，很確實地做出正確的判斷。

「話說你還不回去嗎？」

「堀北在教室等。我才想問老師還在加班嗎？」

「我在巡視校內。有幾個來賓辦理了失物登記，表示他們有東西忘在學校裡。」

即使文化祭已經結束，教師們還是忙著善後處理啊。

4

我跟茶柱老師一同回到教室後，發現堀北趴在桌上。

我跟茶柱老師互相對望一眼，決定不要叫醒她。

為了保險起見，我走近她身邊確認，看來她果然是在睡覺的樣子。

有些強的風從敞開的窗戶吹了進來。

我瞬間猶豫是否該拿制服外套蓋在她身上，但還是打消這個念頭。因為判斷要是堀北之後知道我靠近她身邊這件事，並不會覺得開心。

「嗯嗯……」

「不行……」

嗯？瞬間我以為她醒來了，但似乎並非如此。

是夢話。因為是讓人稍微心跳加速的發言，我多少嚇了一跳。

畢竟堀北今天也很疲憊了吧。我想至少不要讓她感冒，於是靜悄悄地關上窗戶。然後順勢回到走廊。

「我決定讓她再睡一下。」

「你打算在這裡等到她醒來嗎？」

「畢竟她在文化祭拿到了第一名。給她這樣的服務也不為過吧。」

反正她很快就會醒來。

「你該回去啦。這邊就由我來接手吧。」

「可以嗎？」

「給幕後功臣這樣的服務也不為過吧。」

「那我就恭敬不如從命了。」

「只不過綾小路，你可別再想些會讓我丟臉的作戰喔？」

「您還在介意啊。」

「……對我而言，這是永生難忘的一天。」

「唉……茶柱老師也辛苦了。總有一天那也會成為美好的回憶喔。」

「學生別講這麼囂張的話。」

雖然瞪著我，但是嘆口氣的茶柱老師靠在教室的門上。

那麼，我也該回去了。

十一月文化祭結束時的班級點數

坂柳率領的Ａ班　一千兩百零一點

堀北率領的Ｂ班　九百六十六點

龍園率領的Ｃ班　七百四十點

一之瀨率領的Ｄ班　六百七十五點

後記

二〇二二年，回過神時已經要邁入下半年，時間實在過得太快，我是衣笠。

最近迷上吃生薑，會定期購買幾公斤的生薑然後磨成泥，重複這樣的行動，把生薑泥配肉或是蔬菜一起吃。

最喜歡的是杏鮑菇、生薑與檸檬醬汁的組合。

欸嘿嘿，稍微公開了沒有任何人感興趣的私生活嘍。

是的，因為沒什麼事好寫，剛才有些腦袋不對勁，接下來進入正題吧。

這次的故事內容是以十一月的文化祭為主。

應該也有讀者希望可以看到其他許多學生們的服裝，但這部分就等之後有機會再說了，還請多多包涵。

這樣的《歡實》以故事來說並沒有停滯，十分順利地在進展。

再過不久第二學期也即將結束，緊接著會進入寒假，然後是動盪的第三學期。

雖然集數比當初預計的稍微多了一點，但二年級篇也終於進入後半段。可以感覺到一步一步在接近故事結局呢。

究竟綾小路是否能順利從學校畢業呢？

各個班級最終又會迎向怎樣的結局呢？

我想應該可以慢慢看見故事的全貌，敬請期待。

還有還有！動畫第二季終於要從七月開始播出了（註：此為日本當時出版狀況）！我盼望好久了。

等到都想問究竟要等多久了。

現在就非常期待能在睽違數年後再次看到綾小路等人的活躍。

而且也已經預定會製作第三季，嗯，該怎麼說呢……感動無比。無論是對《歡實》喜歡或不喜歡、感興趣或不感興趣的人，都希望大家可以來觀賞。

身為比任何人都盼望第二季的觀眾之一，我會準時收看。耶！

最後難得地向各位公布一個有些正經的消息。還請多多包涵。

電視動畫「歡迎來到實力至上主義的教室」第二季再過不久即將開播，我在BD&DVD特典執筆了《歡迎來到實力至上主義的教室第0集》。真的很辛苦。因為是第0集，內容是關於綾小路的過去。也請插畫家トモセ老師全面協助，完成了與本篇同樣分量、同樣插圖數量的作品，所以還請各位多多關照。

如上述，這次的後記就以這樣的形式做總結。

那麼希望今年內還有機會再與各位相見。

國家圖書館出版品預行編目資料

歡迎來到實力至上主義的教室. 2年級篇/衣笠彰梧作 ; 一杞譯. -- 初版. -- 臺北市 : 臺灣角川股份有限公司, 2023.07-

冊 ; 公分. -- (Kadokawa fantastic novels)

譯自 :ようこそ実力至上主義の教室へ 2年生編

ISBN 978-626-352-689-1(第7冊 : 平裝)

861.57 112007613

Kadokawa
Fantastic
Novels

歡迎來到實力至上主義的教室 2年級篇 7

(原著名:ようこそ実力至上主義の教室へ 2年生編 7)

2023年7月27日 初版第1刷發行
2024年6月17日 初版第2刷發行

作　者:衣笠彰梧
插　畫:トモセシュンサク
譯　者:一杞

發行人:台灣角川股份有限公司
總　監:呂慧君
總編輯:蔡佩芬
主　編:林秀儒
編　輯:楊芫青
設計指導:陳晞叡
美術設計:宋芳茹
印　務:李明修(主任)、張加恩(主任)、張凱棋、潘尚琪

發行所:台灣角川股份有限公司
地　址:104台北市中山區松江路223號3樓
電　話:(02)2515-3000
傳　真:(02)2515-0033
網　址:www.kadokawa.com.tw
劃撥帳戶:台灣角川股份有限公司
劃撥帳號:19487412
法律顧問:有澤法律事務所
製　版:巨茂科技印刷有限公司
ISBN:978-626-352-689-1